探偵はもう、死んでいる。
Code:RED

ひなちほこ
【原作・監修】二語十
【イラスト】千種みのり
【キャラクター原案】うみぼうず

シャーロットは
ただ、
事件を解きたい。

燈幻卿
Tōgenkyo
「シャルネリアさん。
ワタシのために
推理しなさい」
シャーロット・
有坂・アンダーソン
Charlotte Arisaka Anderson

「シャーロットさん。
ボクの代わりに
戦って下さい」
Charnelia
シャルネリア

「今日は
気晴らしだと
思って。ね？」
「ね？　じゃないですよ。
まったく……」
あらゆる銃器兵器を操るエージェント——
シャーロット。
あらゆる魔術の知識を持つ現代の魔女——
シャルネリア。
同じ「シャル」と云う愛称を持つ二人の少女。

だって――
探偵はもう、死んでいる。
これは二人ぼっちの白昼夢。

contents

シャーロットはただ、
事件を解きたい。
探偵はもう、死んでいる。Code:RED

ひなちほこ
原作・監修：二語十

MF文庫J

口絵・本文イラスト●千種みのり

プロローグ　あれは三年半前の六月

『お客様の中に、探偵の方はいらっしゃいませんか？』

きっと誰もが耳を疑った。

喩(たと)えば仮に、この言葉を耳にしたのが、嵐に見舞われた『絶海の孤島』——或(ある)いは、外界から隔絶された『雪嶺(せつれい)の館』であったとしたら、周囲の反応も少しは違っていたのかもしれないが。

ここは、上空一万メートル。時速九〇〇キロで飛ぶ旅客機の中だ。

あまりにも場違い。非現実としか言いようのない。馬鹿げた白昼夢でも見ているのか、と理性が理解を拒んだとしても無理はない。

そもそもの話。偶然にも事件現場に居合わせて、然(しか)るべき捜査当局の介入がない状態で華麗なる推理を披露し——尚且(なおか)つ、そんな特権的な立ち振る舞いを誰に咎(とが)められることもなく、神の如(ごと)く正義を語ることが許されている。

そんな『探偵役』なんて存在は、創作の中でしか登場しないファンタジーだ。

不可解への畏怖が跋扈(ばっこ)していた時代ならいざ知れず、たった一人だけが真実に到達する奇跡的な状況は起こり得ないし、ましてや推理ショーを披露して犯人を名指すなんて芝居じみたことは、ありえない。

現実の警察は物語の中ほど愚鈍ではないし、どんなに優れた推理力を持った人物がいたとしても、高度な発展を遂げた科学捜査の前には敗れ去る。

にも拘(かかわ)らず。客室乗務員の声は至って真面目で、やや切羽詰まっていた。

そんなアナウンスに対して、

「いるわよ。世界最高の《名探偵》が」

静かに微笑(ほほえ)んだのは、あどけなさを残すブロンド髪の少女だった。

だが彼女の言葉が他の乗員乗客——例えば、やたらとデカいアタッシュケースを持っている少年に伝わることはない。

何故(なぜ)なら彼女は、アナウンスを機内で聞いた訳ではなかった。

何故なら彼女は、事前に仕掛けた盗聴器で機内の様子を窺(うかが)っていた。

何故なら彼女は、件(くだん)の旅客機がハイジャックに遭うことを離陸前から知っていた。

少女の正体は、事件を未然に見抜いた《名探偵》が手配した——弟子。

シャーロット・有坂（ありさか）・アンダーソン。

アメリカと日本にルーツを持ち、軍人である両親から厳しい教育を受けて育った生粋のエージェントである。極東の島国で授業や部活に忙殺されている学生と違って、様々な組織を渡り歩き幾つもの任務を請け負ってきた、戦いの中に身を置く十四歳だ。

今回のハイジャック事件の対処も、その数多（あまた）ある任務の一つだった。

しかし彼女に与えられた役割は事件を解決することではない。

犯人確保のために、命を賭して銃を抜くことでもない。

空港のラウンジで旅客機の到着を、待っていた。

ただただ静かに《名探偵》を待っていた。

『はい。私は探偵です』

――一流の探偵って云うのは、事件が起きる前に事件を解決しておくものだから。

それが、かの《名探偵》の異常性（トクベツ）を示す口癖だった。

事件が起こってから、呑気（のんき）に現場に現れるようでは遅すぎる。

事件が発生する前に、犯人も、手段も、動機も特定し終えていて当然。

それはあまりに馬鹿げて非常識。ミステリの作法どころか、すべからく謎解きの絡む物語が守るべき法定速度を完膚なきまでに無視した、暴走にも等しい。

しかし、だからこそ——その探偵役は探偵ではなく《名探偵》なのだろう。

「おかえりなさい」

そこは、爆発と炎上を繰り返す滑走路の上だった。

空港に緊急着陸を試みた旅客機の残骸に向かって歩きながら、シャーロットは僅かに口元を緩めた。

彼女の正面には《世界の敵》と戦う、正真正銘の《名探偵》がいた。

「やぁ、シャル。ちょっと派手目な『ただいま』かな？」

コードネーム《シエスタ》。

彼女こそが、またしても事件を未然に解決した《名探偵》である。

日本人離れした髪や瞳の色。ガラス細工のように精緻で整った顔のパーツ。そして身を包んでいる、どこか軍服をも想起させる特殊なデザインのワンピースとも相俟って、まさ

に非現実的な美しさを体現していた。

「想定していたとは云え、垂直尾翼が吹っ飛んだときは流石に焦ったよ」

自分が不時着させた旅客機を眺めながら、シエスタはどこか他人事のように言う。

だからなのか、誰かの命を救うためならば、平気で自分の命すら投げ打ってしまいそうな危うさを感じ取ったシャーロットは、頬を膨らませて抗議する。

「今回ばかりは、本当に心配しましたよ。マーム」

「そんなに拗ねないでよ、シャル」

「別に、拗ねてなんか……！」

「じゃあ怒ってる？」

敬愛が込められた愛称で呼ばれたシエスタは、天使のように微笑む。

ほっぺを膨らませたシャーロットの頭に手を乗せて、よしよしと撫でつつブロンド髪を指先で梳く。

だからシャーロットも「まったくもう」と目を瞑り、されるがままに体躯を預ける。

「いつもマームは、一番危険な綱渡りは一人でやっちゃうタイプです」

「大切な愛弟子を危険な目に遭わせたくないからね」

「マームが危ない目に遭うのもイヤです」

シャーロットは心配そうに呟く。

だが、それはシエスタに対する甘えでもあった。

何故なら、まったく想像できないからだ。この愛おしい《名探偵》が誰かに敗れて命を落とす姿なんて——そんな場面、絶対に永遠に起こらないと確信しているからこそ、シャーロットは素直な自分の気持ちをぶつけてしまう。

「死ないと解っていても、すごく心配しちゃうんです。だから——」

ぎゅっと年相応の少女のようにスカートの裾を掴んで、

「もうワタシを置いて、どこにも行かないと約束して下さい」

シャーロット・有坂・アンダーソンは、静かに懇願する。

その脳裏には、つい先刻の出来事が鮮明に甦る。

空から零れ落ちるように、件の旅客機は降って来た。
バランスをなんとか保ちながら、滑走路の上を文字通り滑って火花を散らす。
両主翼から突起したスポイラーは無惨にも何枚か吹っ飛び、おかしな方向にひしゃげた車輪はタイヤが溶けて尋常ではない煙が噴き上がり、エンジン全機が逆推力装置を展開して逆噴射してもなお停(と)まる様子を見せない。

このままでは制動距離が足りず、管制塔に突っ込む直撃コース。

もう専門知識のない子供でも——否、現実から目を背ける術(すべ)を知らない無邪気な子供だからこそ、次に起こり得る大惨事を容易に想像できてしまっただろう。

だが、激突の一瞬手前の出来事。

なんだか訳の解(わか)らない《ありえない》現象が起こった。

まるで見えざる手のような力が旅客機に加わり、機首が百八十度回頭した。

時速二百キロ以上のドリフト——或(ある)いはヘアピンカーブ——当然ながら挙動の負荷に耐えきれず、すべての車輪が木(こ)っ端微塵(ぱみじん)に消し飛ぶ。搭乗ゲートに繋(つな)がるタラップやら、コンテナ牽引車(けんいんしゃ)やらに機体のあちこちが特大ホームランをかましながら、さっきまで滑るように流れ込んで来た滑走路に胴体を擦(こす)り付けながら逆走を遂げる。

そして。

滑走路上に、大量の部品と火炎をばら撒(ま)いて。

大破の果てに旅客機は停まった。

「ごめんってば、シャル」

圧倒的非現実を目の当たりにして、きっと誰もが目を疑っただろう。

しかし、シエスタは特段に不思議がることなく、そんな言葉でシャーロットを回想から引っ張り上げる。

「どうやら警察庁が、ハイジャック犯の身柄を引き取りに来たみたいだ」

と、シエスタは呟く。不遜な笑みを浮かべながら「こう云うときは仕事が早いね、日本の警察は」なんて余計な一言も添えて。

向けた視線の先には、黒塗りの覆面パトカーに引き連れられた護送車だった。

たった一人のハイジャック犯を収容するには些か厳重に思えるが、今回の犯人の特性を鑑みれば当然の措置と云えよう。

「……あの、マーム」

大破した旅客機を鎮火すべく、空港に配備された大型の化学消防車が続々と集結する光景を眺めつつシャーロットは尋ねた。

ずっと心の中に秘めていた疑問を吐露するように。

「実行犯に死ぬ気なんてないって、仰っていませんでしたっけ？」

「実行犯には、ね。この事件を仕組んだ連中は、どうやら違ったみたい」

呆気なく言い放ったシエスタの横顔が、回転する赤色灯に照らされていた。

「もっと褒めて欲しいくらいだよ。なんたってこっちは垂直尾翼が『魔術』的に爆砕された機体で、奇跡の胴体着陸を成功させたのだから」

「ちなみにマームは、どこで操縦技術を？」

「一年前に、この国のゲームセンターのフライトシミュレータで」

「え？」

「……え？」

驚愕するシャーロットに、シエスタは不思議そうに首を傾げた。

乗員乗客あわせて六〇〇名の命を預かるプレッシャーに、ゲームで培った経験だけで耐え抜く豪胆さを持ち合わせた探偵に恐れるものなど何があろうか。

目が点になったシャーロットに対して、

「事件は無事に解決、死傷者はゼロ……目撃者には全部綺麗に忘れてもらおうか」

さも当然のようにシエスタは青い瞳を滑走路の中央へと向ける。

燃える機体から展開された緊急脱出用スライダー。続々と乗員乗客が滑り降り、誰もが怯(おび)えた表情で脱出を果たす。

ありふれた、大惨事を回避した映画のワンシーンだろう。

しかし奇妙なことに。

その全員が、まるで怪人を目撃してしまったかのような取り乱し方をしていた。

自分の常識を根底から破壊されてパニックに陥っている乗員乗客たちを、包囲網のように張り巡らされた救急車から駆け寄った医療スタッフが介抱する。誰一人として、彼らの救いの手から逃れることはできなかった。

「そろそろお別れの時間だね。じゃ、また会える日まで」

シエスタはシャーロットの肩をポンと叩(たた)くと、そのまま現場を離れる。

すべてを見抜き、神の如(ごと)き立ち回りで舞台を支配する《名探偵》が、唯一の弟子に任せる任務(Code:RED)は——事件を解決した後に発生する。

「どうか世界の秩序を守って欲しい。あとは頼んだよ？　シャル」

この世界は《ありえない》で溢(あふ)れている。

古より伝承された神秘主義から力を借り受ける『魔術』を極めた者。或(ある)いは、旧ソ連軍の科学者が開発に成功した『超能力』に類する力を宿した者。

彼らの中には、そんな異能力を犯罪に悪用する者がいた。

だが、信じる者は誰もいない。より正確には誰もが忘れてしまう。

何故(なぜ)ならば、異能力が絡んだ事件を隠蔽する『組織』が暗躍しているのだから。

黄金に煌(きら)めくブロンド髪にエメラルド色の碧眼(へきがん)を持つ少女は、胸元のペンダントを大切そうに握って、眩(まぶ)しい背中を名残惜しそうに見つめて寂しそうに微笑(ほほえ)む。

そして。それから三年半が経(た)った、十二月某日。

十七歳になったシャーロット・有坂(ありさか)・アンダーソンは、例の『組織』のエージェントとして《ありえない》を葬る任務(Code:RED)に従事し、人々の日常を守り続けていた。

しかし、その隣に《名探偵》の姿はない。

それどころか弟子として遺志を引き継ぐと決めていた。

だって――

探偵はもう、死んでいる。

第零章　『仕組まれた最期の手紙(ミスリード)』

親愛なるシャーロット(Dear Charlotte.)

この手紙を、あなたが読んでいるってことは。
私はもう死んでいる……てことかな？

なんて。
ベタな言葉を綴(つづ)ってみました。
失敬、いや本当に。

はてさて、気を取り直して。

シャーロット。
今の君の感情を察するに……怒っているね？　いつものように。
本当に怒っているだろうね。
ごめん。

――死んじゃって、ごめん。


でもこれだけは、覚えておいてくれるかい。

まず、私が死を選んだ理由に君の呪いは関係ない。

そして私の死を君が受け入れれば、いつしか必ず逆転の布石となる。

君を一人にしてしまった元凶である私が、これを言うのは酷だし、些（いささ）かズルいことも承知しているつもりだけれども。


私の自慢の《シャーロット》なら、必ず事件を解決してくれると信じている。


だから、これは最期の我儘（わがまま）。

どうか涙を拭いて遺志を継いでくれ。

私のことを殺した《探偵殺し》を倒して欲しい。

もう死んでしまった探偵　より

第一章　『エージェントはもう、仲間を作らない。』

1

「……つまり、犯人はアナタよ！」


びしぃっ！　と。

黒いドレスの腰に手を添えたポーズで指差して。

その少女、シャーロット・有坂（ありさか）・アンダーソンは高らかに宣言した。

至って冷静かつスマートに。イメージするのは《名探偵》の立ち振る舞い。

自らの絶対性を信じて、ブロンド髪にエメラルドの瞳を輝かせながらこの事件を解決しようと張り切る『探偵役』に興じて、いつも通り自信たっぷりに言い放つ。

だがしかし――シャーロットに対するスピーカー越しの声は、実に冷淡だった。

『んな訳あるか。貴様に救助要請を送った依頼人が他でもなく――私だ』

そこは仄暗（ほのぐら）い研究室だった。

天文台のドームのような広い空間の中央に、ガラスで作られた球体が鎮座する。

直径にして十メートルほどの超巨大なフラスコに見えるそれは、フォトジェニックを意識しすぎた水槽に見えなくもない。中は半透明の液体で満たされており、蛍光性を帯びているのか水族館の海月のように青白い光を放っている。

まるでガラスの独房だ、とシャーロットは思っていた。産み落としてしまった悍ましいバケモノを、ただ閉じ込めておくためだけに稼働させ続けているような、歪な空気に支配された冷たい実験施設。その異様さを明白に、解りやすく象徴するような光景が、シャーロットの眼前に広がっていた。即ち——

ガラス一枚を隔てた向こう側に、一人の少女が囚われていた。

年齢は、シャーロットよりも少し幼く見える。

ピンクに煤けた黒髪を、竜巻のように纏めたお団子ツインテール。

金の刺繍が施された、白と黒を基調にした——チャイナ服とゴスロリを習合させたデザインの豪奢かつ絢爛な軍服ドレスが肌に張り付いて、あどけなさを残しつつも色気のあるボディラインを強調していた。

『……なんか言えよ。エージェント?』

液体で満たされたフラスコの中で、その少女は首を傾げて言葉を放つ。

ミステリアス。或いは、危険と云う言葉が相応しい少女だった。

強く握れば潰れてしまう果実のような儚さ、だけが彼女のすべてではない。

白い輝きを帯びた真珠の如く、日焼けすら知らぬ穢れなき柔肌には、圧倒的に相応しくない強烈な違和感。その元凶は他でもなく、恥じらいなく曝け出された肩、背中、そして両太ももの内側に黒く禍々しく刻まれた――翼付きのハートを模った――淫紋。

見た者の理性を一撃で吹き飛ばし、劣情を掻き立てるような愛玩性を小さな体躯に帯びながら、しかし手にしている無骨なデザインの鉄扇と、大胆なスリットから盛大に露出させた脚を組む不遜な態度が凶悪性を仄めかす。

それはまるで自分よりも体格で勝る相手を拐かし、掌の上で焦らして弄び、己が知と美貌で骨の髄までしゃぶり尽くし、枯れ果てるまで搾り尽くす――そんな生意気な眼光をアクアマリンの瞳に滲ませて、その少女は超巨大水槽の中に浮かんでいた。

妖しい光を帯びる液体に小さな体躯が丸ごと沈んでいるにも拘らず、溺死する訳でもなく、口を開けても窒息する訳でもなく。巨大なフラスコの中に人間の都合で閉じ込められた海洋生物の如く、ごく自然に振る舞っている。

誰がどう見ても、その囚われた少女は被害者だった。

もしもこれがシャーロット・有坂・アンダーソンの物語ではなく、かの《名探偵》による事件発生前の推理ショーならば、誰にも予想できなかった『まさかの真犯人』と云う大どんでん返し要素の暴露になっていたかもしれない。

だが。

シャーロットは残念ながら、とても頭が悪い。

有り体に云えば、その少女は見た目通り第三者に隔離されていた。


つまり、探偵役が推理を外した訳である。


「……あちゃー」

『あちゃーじゃねえだろがっ!?』

中華とロリータを習合させたセクシー系の軍服ドレス少女が盛大にブチギレた。

重苦しい空気など一瞬で霧散してしまう。二人を支配していたシリアスな雰囲気は、完膚なきまで壊れた。もはやコントである。完璧な気密性が故に、目の前にいるのにも拘らず互いにインカムを通してしか会話ができないが温度感は十分に解る。

頭を抱えて「またやっちゃった」みたいな顔をするシャーロットに対して、

『優秀なエージェントを手配しろ、と私は言ったはずなんだがな……』

ガラス越しのチャイナロリータ少女は溜め息を吐いて言い放つ。

『……なんなんだ貴様は。手違い、人違いの類か？』

「いいえ。その優秀なエージェントがワタシよ」

シャーロットは天使のように微笑みながら、黒いドレスの上から羽織っていた漆黒のローブを翼のように広げて、黒く禍々しい拳銃を引き抜きながら宣言した。

「ワタシのコードネームは《名探偵の弟子》。噂くらいは耳にしたことあるでしょ？」

『なるほど。そうか。貴様が、あの半年前に亡くなった探偵の──』

そこから先の言葉は続かなかった。

「──そうよ」

と、短く食い気味に、シャーロットが言葉を掻き消したから。

半年前の六月。それは彼女が生きた十七年間の中で、最も辛い別れの日を思い出させるトリガーだった。しかし取り乱すような様子は微塵も見せずに、至って冷静な声色で、金髪碧眼のエージェントは依頼人の名を口にする。

「助けに来たわ、燈幻卿」

その一言で、決定的な何かが音を立てて明白に切り替わった。

囚われの少女──燈幻卿は、フラスコを満たした水溶液の中を泳ぐように宙返り。

恥骨を覆うように咲き乱れたフリルが揺れて、身丈よりも長いツインテールが踊り狂ったように蜷局を巻く。全身から迸るオーラは人間離れしており、客人を虜にしてしまう人魚の舞踊か、舞い降りた天女による技芸を想起させるほど幻想的だった。

鉄扇を口元に運びながら、すぅっと息を吸って言い放つ。

とても異質な言葉を。

『この狂った密室から、異能力を使わずに私を助ける脱出トリックを示してくれ』

揶揄っているようにしか聞こえない。

だが、燈幻卿は至って真面目なトーンで続ける。

『私が囚われているのは「完全なる密室」だ。何故ならば、物理的な構造上の出入り口が存在しない。唯一の侵入方法は超常現象的転位だが、この施設内では一切の異能力が制限されている――つまり脱出は不可能。さて、どうする？』

「そんなの解決方法は簡単よ」

試すような問いにシャーロットは短く答えた。

不可解な異能を探偵が解決する物語が、今ここに始まる。

「今回の事件の首謀者……異能犯を倒し、アナタ以外のすべてを破壊する」

2

「――以上がワタシの作戦。何か質問ある？」

シャーロットは呟(つぶや)きながら、仄暗(ほのぐら)い廊下を進んでいた。

黄金に煌(きら)めくブロンド髪を靡(なび)かせて、全身を覆ったドレープ感たっぷりの漆黒マントを漂わせて突き進む。それはまるで深海に棲(す)む黒い海月(くらげ)が踊っているようだった。

確かに、闇の中に紛(まぎ)れることには適した格好なのかもしれない。

だが、片手に回転式拳銃こそ握っているが、間違えても敵陣に単騎で突入するような装備ではないのは明白である。しかしシャーロットは平然とした顔をして、十二センチのヒールを鳴らしながら先を急ぐ。

『たった一枚のガラス板だろう？』

インカム越しに、どこか小馬鹿にしたような、傲慢な燈幻卿(とうげんきょう)の声が響く。

『貴様の銃で撃ち砕いてくれれば、それで済む話じゃないか』

簡単に言ってくれる、とシャーロットは吐き捨てた。

「今回の任務は、人質(ターゲット)である燈幻卿(アナタ)を施設の外にさえ連れ出せば成功。でも、たったそれだけのことが警察庁の回収班にできないでしょ？」

『……異能力に頼ったスペシャリストだからこその醜態だな』

「アナタが収容されているのは、超強化ガラスの球体。対物(アンチマテリアル)ライフルどころか、核弾頭の直撃すら耐える特殊な密室。その世界最強高度を誇る隔離室の唯一にして最大の欠点は――一度入ったら二度と出られない」

『イカれてやがる』と、燈幻卿は溜め息を吐く。

『で？　貴様……救出対象の私を放置してどこに向かっている？』

「不安になっちゃった？　大丈夫よ。必ず助けるから」

研究室に置いてきた通信機を介して、二人は会話を続行する。

「こういう時は、助かった後の話をすると良いわ。檻から出たら何がしたい？」

『凍った桃缶が食べたい。シャリっと冷たくて美味しいぞ』

「……思った以上に緊張感が迷子だったわ」

シャーロットのツッコミが、薄暗い廊下を反響していく。

『そりゃ現実逃避もしたくなるさ。こんな馬鹿げたフラスコ装置が、まさか極東の島国で完成しているなんて……夢にも思わないだろ。常識的に考えて』

天井の蛍光灯は完全に沈黙しており、壁に連なるように埋め込まれた小さな灯りのみが光源であった。敵陣に単騎で乗り込んだエージェントを出迎える演出としては雰囲気もあって十分だが、それにしたって暗すぎる。つまり今が停電中であり、施設全体が予備電源に切り替わっていることを意味していた。照明は疎かにされ、重要な機材への電力供給が優先されているのだ。

では質問——一体この施設は、何に対して電力を割いているのか？

その答えを燈幻卿が告げる。コンコン、と。自らを捉えているガラスの牢獄を叩いて。

『合衆国が凍結した……閉鎖生態系実証実験「第二の地球計画」の残骸か』

元々は、火星移住の礎となるプロジェクトだったらしい。

さまざまな植物を生い茂らせ、太陽光さえあれば生命維持に必要な水から酸素、食料まですべてが揃う夢のような空間。そんな人工的な地球を生み出すために、莫大な資金が注ぎ込まれた実験が現実に行われていた。

しかし、地球は奇跡が折り重なって誕生した水の惑星だ。

天文学的な確率で誕生した生態系の再現など、人の身でありながら神の領域に足を踏み入れるような禁忌に等しい。

バベルの塔が壊されたように——或いは、蝋の翼が溶けて墜落したように。どうにか地球を再現しようと挑戦した者たちがどんな末路を辿ったのか、現代のテラフォーミング技術を思い浮かべれば敢えて語るまでもないだろう。

その頓挫した計画が三十年以上の時を経て、幾分か姿を変えて現代に復活した。

極東の島国で最先端科学が錬金術と魔術的な交わりを果たし、在りし日の研究者が恋焦がれた地球の再現は既に実用可能なレベルに到達したのである。即ち——

対象を閉じ込める完璧な檻と云う変貌を遂げて。

『密閉し、太陽光さえ供給され続ければ、永遠の生命維持装置と化す培養液。まるでフラスコの中の小人（ホムンクルス）だな。中に浸（つ）かっている限りは絶対に死なないなんて』


燈幻卿が閉じ込められた異能の檻（おり）。

その正体は、世界から隔絶された生命維持装置。

トンデモ科学——永久機関植物園『第三の地球計画（バイオスフィア3）』である。


その『完璧なる密室』は、一度入ると二度と出られない。

しかし、それは欠陥などではない。二度と出る必要がないのだ。生きるのに必要なものが、すべて内部の循環で揃ってしまう究極の牢獄だから。

水も空気も栄養素も、究極の無限サイクルが確立されている。仮に、そのまま宇宙空間に射出されたとしても、きっと燈幻卿を殺すのは外的要因ではなく、内的要因——孤独に耐えきれない心くらいだ。


『出入り口が存在しない空間。まさに究極の密室だな』

「物理的な破壊や電子的な解錠は、すべて不可能。密室空間への唯一の侵入方法は、異能力による移動。例えば……空間転移（テレポート）とか」

『常識の範疇から外れた、異能力によって構築された「完全なる密室」の破壊は、異能力に限られている。理に適ったロジックだ。しかし――』

と、肯定した上で、その論理を燈幻卿は自ら否定する。

『不可逆。この施設の敷地全域に異能力を封じる結界が張ってある。だからこそ――』

「本来、アナタの救出を担う警察庁は、この施設内に突入することができない」

警察庁警備局公安課・異能犯罪対策室。

日本国内で唯一、異能力が絡んだ可能性のある犯罪を暴く捜査機関である。

組織図上は存在しない部隊に所属する警察官は全員が魔術師、或いは超能力者……それに準ずる異能力を武器に戦うスペシャリストだった。

だからこそ異能犯――異能の力を悪用した犯罪者は、そこを突いた。

『異能犯罪対策室は存在することすら暴露されてはならない。自分たちが施設内に入れば無力のまま葬られ、しかしながら何も知らない部署――例えば警視庁警備部の機動隊を使えば、檻に囚われた私の存在が公になってしまう。文字通り、打つ手がない」

囚われし燈幻卿は、悔しそうに吐き捨てた。

『この「完全なる密室」は、私を永遠に閉じ込めるガラスの牢獄と云う訳だ』

「物理も魔術も超科学も揃（そろ）いも揃って、お手上げ状態ってことね」

『貴様に解けるのか？　この「完全なる密室」が』


シャーロットに突きつけられた挑戦状。

それは『完全なる密室』から燈幻卿を連れ出すこと。

厳密には、施設外から『完全なる密室』に侵入することは可能――現に、燈幻卿がその手順で密室内部に囚われた。しかし、同じ手順で救出者が内部に侵入したとしても脱出できずに囚われてしまう。

あらゆる手段を使っても例外なく脱出不可能。

だが、シャーロットは天使のような微笑を浮かべて、こう言った。

「超余裕（エレメンタリー）よ。ワタシは《名探偵の弟子》――シャーロット・有坂（ありさか）・アンダーソンだもの」

3

シャーロットは廊下の突き当たりの扉を蹴り開けた。

手には愛用する回転式拳銃（MATEBA Modello 6）ウニカ。回転式弾倉の一番下の弾を発射するマテバ社製の独自機構を持つオートマチックリボルバーである。そして体躯（たいく）を包むのは、暗闇に紛（まぎ）れる純黒の海月のようなマント。腰の辺りで花開くように広がったドレープ地獄が揺れていた。

そのエメラルド色の瞳には、地下何十階まで続く螺旋の階段が映し出されている。

最下層は格納庫のような地下空間になっているらしい。

「施設自体が対異能力に特化した仕様なら、ただの兵士が最も適任ってことよ」

『ただの兵士、だと……？　笑わせるな。貴様の経歴に一度でも目を通したことがあれば、そんな寝言を信じる奴はいない。なんせ貴様の御両親は――』


「――あの人たちは今、関係ないでしょ。このまま見捨てて帰るわよ？」


『人質を脅すエージェントが、どこにいる』

「今、ここに、世界で初めて誕生するトリガーを引いたのは、紛れもなくアナタ」

『……解った。悪かった。ただの雑談のつもりが地雷を踏み抜いたようだな。貴様が他所様に向かって銃弾を発砲するのと同様に、私も他人の情報を暴くことに抵抗がない。貴様がエージェントであるのと同じで、私もスペシャリストなのだから』

このままシャーロットの機嫌を損ねると良くない、と判断したのだろう。

堅牢な『完全なる密室』に囚われた燈幻卿は、謝罪にはなっていない弁明を口にする。

インカム越しだが両手をあげているのは、なんとなく想像が付く。

「まぁ許してあげるわ。ワタシには倒さなきゃいけない敵がいるから……無事にアナタを助け出したら協力してもらうわよ」

シャーロットは、軽口を叩きながら階段の踊り場から飛び降りた。

螺旋階段の中心を急降下し、目的地は十数階下の最下層。当然、命綱などない。

いくら鍛えたエージェントとは云え、地球の重力には敵わない。それが異能力者ではなく、戦闘技能だけで異能犯と渡り合う兵士であれば、床に叩き付けられたカエルのように五臓六腑をぶち撒けて終わっていた。

だが、落下の最中。シャーロットは口元を、ニヤリと歪めて――

黒いマントのリボンを引っ張った。

次の瞬間。

ボフォンッ！　と、マントが盛大に広がって、布面積が爆発的な拡散を見せた。

螺旋の渦を描くように、シャーロットの体躯からシュルリと離れた純黒のマントは、大量のエアポケットが付いた巨大な布と化す。小さな火種が酸素を貪りバックドラフトを起こすが如く、垂直に帆を張るような形で展開されたそれは――つまり落下傘だった。

完全に速度を制御して、ガシャンと華麗に着地を果たす。

少し遅れて、既にマントの形状を失った黒い布も床に落ちる——まるでシャーロットの登場を演出するため降ってきたスモークのように。

まさしく、天より降臨したエージェント。

空中でパージした黒いマントが残骸となって散らばる爆心地の中心で、着地の衝撃を和らげる為に屈んだ姿勢を正し、朝日のように眩しいブロンド髪を掻き上げる。競泳水着のような、ぴっちり体躯に張り付いたラバー製のバトルスーツが黒く光っていた。

もちろん周囲への警戒は怠らない。

シャーロットは、とんでもなく頭が悪いが、エージェントとしては優秀だ。

普段はポンコツでも、こと任務に関しては『組織』も全幅の信頼を置く。超重要人物の救出任務を単独で任せてしまうほどには。

だからこそ、その違和感を瞬時に察知した。

実は停電の直前、発電機室で大量の爆弾が炸裂していた。

それはシャーロットが仕掛けた、破壊工作の初手。電源喪失の直後、最も早く予備電源に切り替わる区画を暴き、施設にとっての最重要な機材がどこにあるのか——燈幻卿の居場所を特定する目的で行った明白な攻撃である。

となれば、その一つの事実に敵も到達するのは難しくないだろう。これは潜入ではなく強襲であり、それは施設を防衛するサイドも理解している。

「そこまでだ」

だから声がしてもシャーロットは驚かない。

たとえそれが、敵意に満ちた声であったとしても。

4

ドラゴンの刺青を入れた男と、虎柄のパーカーを羽織る少女。

中華系マフィアの危険な香りがする二人組が、だだっ広い空間に立っていた。大聖堂の祭壇を背後に、まるでシャーロットを待ち構えていたかのように。

「どこの組織だ？」

ドラゴン刺青の男は特に驚いた様子もなく問う。

侵入者がいることを知っていたから、と云うよりも最初から何者かが侵入する可能性を考慮していたからこその余裕。

そう。男が知りたい情報は「侵入した理由」ではなく「どこの組織」であるか。

自分たちの行いが誰かの敵対心を煽ることはもちろん、それで襲撃を受けることも織り込み済み。善か悪で云えば悪であり、それでも強引に誘拐事件を企てた首謀者だからこそのセリフであった。

対するシャーロットはブロンド髪を靡かせて、ただ微笑む。

あまりに答えないものだから、ドラゴン刺青の男の隣——虎柄パーカーの少女が獲物を見つめるような目で、ぶっきらぼうに口を開く。

「CIA（中央情報局）？　MI6（秘密情報部）？　それともGRU（情報総局）デスカ？」

「いいえ、違うわ。昔はそうだったけど」

シャーロットは真（ま）っ直（す）ぐ目を見て答えるほどの余裕を見せつけて。

「今、アナタの目の前に立っているのは、アナタたちが想定し得る最悪の『組織』に属するエージェントよ」

その言葉で、すべてを察した龍虎（りゅうこ）の二人組は、すぐに露骨な反応を見せる。

だが、それは怯（おび）えではなく純度百パーセントの呆（あき）れ。目の前に降ってきた敵に恐れを為（な）して動揺しているのではなく、むしろ真逆。飛んで火に入る夏の虫を眺めて、笑いを堪（こら）えるのが難しくて苦しんでいると評するのが正確だろう。

「笑わせナイデ。例の『組織』ダト？　それはありがたいことアル」虎柄パーカーの少女は、嘲笑と共に感謝を述べる。「異能力がなければ何もできないオマエらが、わざわざこの施設の中で戦ってくれるなんて驚きダヨ。優しいネ？」

「あらゆる異能力が打ち消されてしまう結界……だったかしら？」

「そうだ」と、今度はドラゴン刺青の男が頷（うなず）く。「この施設内に於（お）いて、ただの丸腰になってしまう欠陥を抱えたお前に何ができる？　何もないさ。所詮お前ら異能力者は自らの特異性を武器に、ただ一方的に格下相手を蹂躙することしか能がないのだから」

　どうやら好都合だ、とシャーロットは思考を巡らせた。

　彼らは、今目の前にしているエージェントが、実はなんの異能力の類も持たず、ただ純然たる銃火器を駆使した戦闘力のみを武器にしていることを知らないらしい。

　確かに常識的に考えれば、こんな異能力で構築された密室が絡む事件に、なんの異能力も持たない者が関わる訳がないのだが……それだけシャーロット・有坂・アンダーソンと云うエージェントが特殊な立ち位置にいる人材である証左でもあった。

　勘違いをしてくれているなら、それは僥倖。

　この事件の首謀者たる中華系マフィア二人組は、シャーロットのことを「異能力が封じられた哀れな異能力者」としか思っていない――明らかに油断している。

「結界を解除して人質を解放しなさい。最後通牒よ」

「お断りだ」

　交渉の余地などない。そう悟ったシャーロットの行動は疾かった。

　いくつもの組織を渡り歩き、幾度の死線を掻い潜って任務を成功させてきたエージェントは、流れるような所作で特殊な形状の拳銃を構えて、その所属を語り明かす。

「こちらは警察庁警備局公安課・異能犯罪対策室の要請を受け、燈幻卿の奪還作戦を遂行中の『組織』所属エージェントです」

即ち、

「アナタたちを逮捕するわ。覚悟なさい──異能犯」


それ以上の対話などなかった。

両者の間に、和解の意志など最初からなかった。

ドラゴン刺青の男は、手を水平に薙ぎながらシャーロットへと突撃する。

同時に、虎柄パーカーの少女も両手を広げて宙に飛び上がると、その小さな体躯を独楽のように回転させながらシャーロットへと迫る。

それだけなら──ただの体術なら、シャーロットとて驚きはしなかった。

いかに高速な攻撃とは云え、当たらなければ問題ない。むしろ、シャーロットからすれば純粋な近接戦闘の相手の方が得意だ。それは魔術だの超科学とやらに関する正確な知識がないことにも起因する訳だが。

しかしそれ以上にシャーロットは知っていた。もっと過酷な戦場があることを──はるかに精神を蝕む戦場があることをエージェントとして知っていた。

だから、いかに中華マフィアの二人組が徒手空拳に優れていようと、シャーロットが慌てなければならない要素など何一つとしてない。当然のように回避すると、放たれた攻撃が虚空で交差する。

それ自体は、二人の狙いが恐ろしく正確であったことを意味するだけだ。

打ち合わせもなしに、突発的に仕掛けた攻撃が同じ点を狙っているのは賞賛に値する素晴らしいチームワークだろう。

しかし問題は、斬り結んでいると云う点だ。

おかしい。明らかにおかしい、と冷静にシャーロットは分析する。

二人は何も手にしていなかったはずではなかったか？　それが何故、男は青龍刀を、少女は虎鉤爪を。それぞれが構えている？

そんな疑問も、歴戦の猛者たるシャーロットからすれば、袖や背中に隠し持っていた得物を取り出しただけ――大陸伝来の暗器術で一応の説明は付く。だが違う。明らかにそうではない。シャーロットが抱いた強烈な違和感は、次の瞬間に現実となって彼女を襲う。


常識の範疇では《ありえない》現象が起こった。


爆音と同時。斬り結んだ接点を中心に龍と虎の化身が顕れて、衝撃波が駆け巡る。

攻撃を回避するために、後ろに飛び退いたシャーロットは炸裂した不可視の直撃を全身に受けてしまった。

倒壊してきた壁の下敷きにされてしまったかのような、凄まじいダメージが身体中を駆け巡る。致命傷になってもおかしくはなかった。だが、そこは流石エージェント。なんとか床を手で弾き体勢を立て直す。

これが、ただの物理現象な訳がない。

青龍刀には、氷の龍。虎鉤爪には、焔の虎。

二人の握る武器に、それぞれ異なる属性が宿っていた。

焔と氷の対消滅。それによって生じた衝撃波。映画やアニメ、或いはゲームの中だけに登場する——あまりに現実離れした馬鹿馬鹿しい武器を構えた二人を眼前にしたシャーロットは、ここで初めて苦笑いを浮かべる。

そう。

前提が違う。

どうして相手は異能力が使えるのか。

（もしかして結界はブラフだった？）

龍虎の二人組の攻撃に、シャーロットは困惑する。

（いいえ……警察庁の先遣部隊が全滅させられた。この事実だけは揺るぎないわ。小手先

のまやかしではなく、結界は本物と考えるべき）

再び繰り出される中華系マフィア二人組の斬撃を躱して、

（そうでなければ、あの燈幻卿が囚われていること自体がおかしい）

しかし二度目の衝撃波の直撃を、またしても全身に受けて吹っ飛んでしまう。

「……ッ、どう云うこと？」

と、発言した瞬間に自らの愚かさに気付く。

シャーロットは思い出す。相手が自分のことを「異能力が封じられた異能力者」だと思い込んでいる、と油断していると評した。

だが、それはシャーロット自身も同じだった。シャーロットもまた、相手のことを「異能力が封じられた異能力者」だと無意識のうちに見くびっていたのではないか？

大前提として、シャーロットは魔術師でなければ、超能力者でもない。

だから、魔術だの超科学やらの理論は微塵も知らない。誰かに教わったところで、理解できるほど頭も良くない。それでも目の前で起こった現象が、それに類することは経験則で知っていた。つまり――

「……トリックは、その護符かしら？」

戦闘に関して凄まじいセンスを持ち合わせているシャーロットは、二人が首からドッグタグのようにぶら下げているアクセサリーに注視した。

もしも二人が戦場でもお揃いのアクセサリーを身に付けるほどの仲ならば、それはそれで微笑ましいことだが、違うならば必ず何かしらの意図がある。味方同士を判別するための記号なのか。或いは、同様の恩恵が必要だから身に付けているアイテムなのか。

その感覚は的中していた。

「冥土の土産に教えてやるネ」

それは龍と虎が、一人の少女を狩り殺す前に放つ勝利宣言だった。

「お前は異能力を使えないが、この護符を持った俺たちだけは結界内でも異能力を使うことができる。覚悟しろエージェント」

5

トリックは見抜いた。

だが、いくらカラクリを見破ったところで、敵が倒れてくれる訳ではない。

探偵役が真実を看破すれば、勝手に投了してくれる優しい犯人役など存在しない。

むしろ攻略方法に繋がる重大な情報を掴んだシャーロットを、生きて施設の外に出す理由がなくなったと云えよう。

ここから先は、一方的な蹂躙の幕開け。異能力が不明の状態で、その異能力者を相手にしなければならない。そのハンデがどれほど危険であるかは、先遣部隊として突入した警察庁の異能犯罪対策室のメンバーが通信途絶を起こした事実が物語っているだろう。

防戦一方とは正しくこのこと。嵐のような連撃が巻き起こった。

シャーロットは持ち前の身体能力の良さで、斬撃やら衝撃波を回避し続けているが、それもいつまで続けられるか解らない。当たらなければ問題ない——とは即ち、当たってしまえば、どうにかなってしまうことを意味する。

冗談ではなかった。通常、異能力者との戦闘となれば、事前の下準備が絶対不可欠。

かつてとある組織の初任務にて——白髪の少女の特性を理解せず、性格や生い立ちを調べず、過信して挑んだ結果。大敗を喫した苦い記憶があるからこそ、それからシャーロットは事前準備を徹底していた。

無策で異能力に勝つ。そんなことは絶対に不可能だ。素手で核弾頭を殴り返すような暴挙でしかない。だからこそインカム越しの燈幻卿も状況を察して告げる。

『バカな奴だよ。敵陣に単独で突っ込んで来るなんて』

敵との交戦中に安全地帯からの通信とは呑気に思えるかもしれないが、これでも燈幻卿なりの心配の言葉だった。しかしシャーロットに言葉の裏を読むスマートさなんて欠片もないので、額面通りにしか解釈できない。

「ワタシはお悧巧さんタイプじゃないの。悪い？」

『見れば解る……せめて仲間の一人でもいれば状況は変わっただろうに』

「いいえ必要ないわ」

即答する。それがポリシーだったから。幼い頃から軍事的な英才教育を受けたシャーロットが、自らに課している幾つかの制約のうちの一つ。人生の岐路に立ちエージェントを続ける上で半年前に決めた、絶対的にして根源的なルールであった。

それは――

「もう絶対に、誰とも仲間にならない」

――と云う矜持だった。

傍から見れば、あまりに無謀に思えるかもしれない。馬鹿げた拘りに見えるかもしれない。でも、それはシャーロット・有坂・アンダーソンが一体何に憧れて、何を目指しているのかを考えれば必然の帰結であった。

「だってワタシは《名探偵の弟子》だから」

同時に、反撃が起こった。

青龍刀と、鉤爪。その二つの刃が交わる一点を見抜きトリガーを引いた。

ズガンッ！　と重い炸裂音が轟く。リールが回転して、火花と共に銃弾が放たれる。

戦闘が始まってから最初の発砲。今まで回避に徹して威嚇射撃すら一回も行わなかった彼女が、このタイミングで発砲した理由は他でもない。

そもそもシャーロットほどの優秀なエージェントが、いくら魔術師相手とは云え防戦一方になることなど絶対にありえない。そこには明白な意図がある、と中華系マフィアの二人は疑うべきだった。警戒すべきだった。その真意を予測すべきだった。

その優秀なエージェントの目的は一体なんだ？　答えなんか決まっている。

一つだけ不幸なことがあったとすれば——それはシャーロットと云う少女が、射撃や格闘を含む世界中のあらゆる対人戦闘術を知り尽くし、人間工学・統計学的に「敵の次の動きを見破る超至近未来予測戦闘術の天才」であることを知らなかった点に尽きるだろう。


「パターン分析完了……アナタたちの未来は確定したわ！」


やりたいように相手には攻撃させ、そのすべてを視線や筋肉の動きから算出した安全地帯でやり過ごす。そうやって、タイミングや思考の癖を盗み尽くし、コンビネーションを織り成す前に無意識で行われているであろうコンタクトを——すべて見抜いた。

被弾率を最小限に、命中率を最大限にして、一撃必殺で鎮圧する。

そんな超人的な至近未来予測戦闘術を、表情ひとつ変えずに平然とやってのけてしまうのが、シャーロット・有坂・アンダーソンと云うエージェントの恐ろしいところだった。

つまり再び、常識の範疇では《ありえない》現象が起こった。

起こったことは実にシンプルだ。氷を纏った青龍刀と、焔を纏った虎鉤爪。

その二つが交差して衝撃波を生み出す直前で、銃弾が直撃する。直後、発生するはずだった衝撃波は起こらず、代わりにシャーロットの前に立ちはだかっていた二人の敵は、同極同士の磁石のように反発して互いをぶっ飛ばした。

「よく知らないけど」

と、硝煙を吹く銃を構えたままのシャーロットが言い放つ。

「コンビネーション技って、タイミングを合わせるのが大事なんでしょ？」

だから邪魔させてもらったわ、と。

氷と焔。相反する属性が入り乱れて無限の対消滅を繰り返す空間で、そのエージェントは爆散する光の粒子を眺めて立ち尽くしていた。


独りで、たったの銃弾一発で、二人の異能力者を同時に撃破した事実を携えて。


「……ワタシに、仲間はいない。あの半年前から」

それは、懺悔のような響きを帯びていた。続けて彼女は言った。

「……ワタシは、大切な人を守ることができなかった」

もう、あんな想いはしたくない。それがシャーロットの心からの本音だった。

「……だからワタシは、もう二度と仲間を作らないと決めたのよ」

失うのが怖いから。それを臆病と呼ぶのは勝手だ。しかし、それがエージェントとして生き残るための最も重大な決意だった。だからこそ、

『たった独りで何ができるんだ？』

と、問うた燈幻卿に対してシャーロットは迷わない。

「どんなに優秀であったとしても、自分以外の大切な存在と云うのは、いつか必ず弱点となってしまうじゃない？」

そんな場面は、映画の中で腐るほど語られてきたことだろう。

無敵のスーパーヒーローだって悪役に娘を誘拐される。悲劇が起こって復讐鬼が産声をあげる。だからシャーロットの決断は、それを事前に回避しているだけのことだ。

詰まるところは、

「一流の探偵って云うのは、事件が起こる前に事件を解決しておくものだから」

その究極を体現した言葉を口にする。模倣しようがないほど、常人の理解の範疇を超えた行動だった。

『なんだそれは』

絶句しつつも燈幻卿は尋ねる。

『だから仲間を作らず、孤高のエージェントを気取るのか？』

「なんとでも」

『……それではなんの解決にもなっていないぞ。ただ逃げているだけじゃないか』

「ええ。だってワタシは弱いから。まだ《名探偵》に遠く及ばない」

『酔狂と云う言葉を貴様に贈ってやろう』

「それでも一歩ずつ、歩みを進めるの。あの憧れた背中を追いかけて、いつか肩を並べて歩けるように……たとえ不可能だと世界中から嘲笑われても」

『高い理想は身を滅ぼすぞ？』

「簡単に叶わないから夢なのよ」

と、シャーロットは小さな声で呟く。

「背伸びしても届かないから憧れるのよ」

と、シャーロットは自らを奮い立たせる言葉を吐く。

「何度も挫けそうになって、幾度となく諦めそうになって。それでも、やっぱり夢は捨てきれなくて。理想と現実の差に潰されそうになっても──」

手の中に、たくさんの思い出が詰まった《名探偵》の忘れ形見を握って。

天使のような微笑を浮かべた《名探偵の弟子》は君臨していた。

「――ワタシは、あの人の遺志を継ぐって決めたから」

6

ご存知の通り、シャーロットは異能力について理解している訳ではない。

彼女は任務を忠実に遂行するエージェントであって、魔術的知識や超能力保有のスペシャリストではないのだから。

だから何をしたのかは説明できない。それでも中華系マフィアを撃破できたのは「このタイミングで攻撃されたら自分だったら絶対に嫌だなぁ」と云う漠然とした感覚のおかげであり――超人的な戦闘センスのみでピンチを切り抜けているだけに過ぎない。

なので、

「まだだ……まだ終わっていないぞ、エージェントッ！」

ゆっくりと立ち上がる男を目撃すれば、再び警戒度は最高にせざるを得ない。

性懲りもなく同じ攻撃パターンで仕掛けてくれれば、シャーロットも完全に手順を再現して封殺が可能だが、相手はゲームのプログラム通りに動く敵ではない。モーションを見切って出端を挫く技など、それ自体が警戒されてしまえば対策にならない

虎柄パーカーの少女は完全に沈黙。どう見ても戦闘不能。

であれば、青龍刀を構えた男が取る行動は、一対一の白兵戦。

一瞬の油断を突かれて初見殺しの技で確殺してくるのが魔術師の戦いだ。

つまりは、再び不利な戦いを強いられるスタートラインに立たされたに他ならない。

優秀なエージェントは、目の前の異能犯に全神経を集中させる。

その考えは残念なことに的中した。


ズバジィッ！　と周囲に凄まじい閃光が走ると同時。

背後に回り込んだ氷刃が、一撃必殺でシャーロットの首を音もなく刎ねた。


その未来が確定する直前、黒いラバー製のバトルスーツで体躯のラインを顕にさせたシャーロットは、氷が一瞬で液体となって床に溶け広がるような挙動で床へと屈み込む。

身を捩りながら真横に跳んだ彼女は、床に背中を向けた状態。両脚は地面を離れて宙を舞い、姿勢は空中で仰向け。それはまるで床板スレスレの低空飛行を敢行する天使だった。

そのエメラルドの瞳は、舌打ちするドラゴン刺青の男を捉えていた。

直後、ほんの数瞬前までシャーロットの首があった位置に豪速の一閃が迸った。

激突する両者の視線が、互いの次の一手を予測して交錯する。

二人の距離は、手を伸ばせば届いてしまう。

そしてシャーロットは跳躍中。

身動きは取れない。

銃と剣の戦いに於いて、前者が圧倒的に優位を誇れるのは距離の概念だ。

そのアドバンテージを喪失した。エージェントは、次の斬撃で腹を斬られるか。もしくは床に縫い付けられるように、胸を突き刺されるか。そんな、完璧な敗北が齎されていたことだろう。これがもしも平凡なエージェントの物語ならば。

だが、シャーロット・有坂・アンダーソンは。

純粋な戦闘能力だけで、数多の任務を完遂させた――超至近未来予測戦闘術の天才。

真横に跳んだ滞空の最中。ラバー製のグローブに包まれた、しなやかな手で床を突いて上空へと舞い上がり、そのバトルスーツの背中に装備していたジョイントから外して構えたのは、独特な流線型の短機関銃。照準を定め――なんの躊躇もなく、ほぼ密着状態の接射で毎分一一五〇発の銃弾を吐き出す掃射を浴びせた。


もはや銃声と云うより、圧縮された爆砕音が轟いた。

たった一・六秒間トリガーを引き続けただけで、三十発もの銃弾が装填された弾倉を空にしてしまう超連射。そんな短機関銃スコーピオンを構えて、シャーロットは表情ひとつ変えずに着地を果たし、血と焼けた火薬の匂いが停滞した戦場に再び降り立つ。

相対するのは、血まみれの中華系マフィアの男。

シャーロットが的確に、頭部や胸部の急所を避けて、致命傷にならない腕や脚を掠めるように放った銃弾が全弾命中し、とんでもない数の出血箇所となっていた。

だから、見た目こそ血まみれだが大量出血の心配はない。彼に蓄積されたダメージの正体は防弾チョッキを装備した腹部に集中して砲火した銃弾の嵐だ。いくら貫通しないとは云え、内臓を殴られ続けてシェイクされたような鈍痛に苛（さいな）まれる。

もはや戦意だけで立ち続けているのだろう。

戦闘継続は難しいと判断したのか、男が放ったのは刃（やいば）ではなく言葉だった。

「世界の誰からも見向きもされない者の気持ちが、お前に解（わか）るか？」

そして、こうも続けた。

「お前ら『組織』は異能力を独占する、悪だ」

さらに、こうも続けた。

「お前ら『組織』は異能力の存在を隠して世界を欺いている、悪だ」

だから、こうも続けた。

「俺たちは『組織』の悪行を世間に暴露する。邪魔をするならお前も悪だ」

男の視線は、未（いま）だに突っ伏している少女へと向けられている。反撃の合図を取り合っていると云うよりも、まるでこの会話の中心人物が彼女であるかのような目をしていた。

きっと、この男には、この男なりの戦う理由があるのだろう。

そして同時に、この男にはシャーロットを説得する気など微塵もない。

ただ知って欲しかった。それだけの理由で、彼は痛みに耐えながら倒れないように踏み止まっているのだと、シャーロットは直感した。

「聞け、エージェント。我々は『真実を暴く者』だ」

その言葉に嘘偽りはないだろう。

彼らは異能力の存在を世界に告発しようとしている。独占し、秘匿することで、一部の者だけが多大な利益を得ているのは事実だ。そんな仕組みを是正せんと立ち上がった者たちを、エージェントが捩じ伏せようとしているのも、また事実だった。

だからこそ、確かに悪だと糾弾されるべきは『組織』なのかもしれない。

だがシャーロットは、

「アナタたちは他でもない——世界の秩序を破壊する『真実を暴く者』よ」

と、一刀両断。

「たとえどんな信念を並べても、燈幻卿を誘拐していい理由にはならないわ」

「アイツは裏切り者だぞ？　俺たちと同じ魔術師でありながら、異能力を持つ者を国家に突き出すことで、自らの地位を高めている悪逆非道な奴だぞッ!?」

「あー、なるほど。つまりは羨ましいってこと？　自分たちと同じ異能力者が、存在価値を認められて誰かの役に立っている姿を見ると悔しくてたまらなくて、足を引っ張りたくなっちゃう病魔に侵されている、と」

ガーターベルトから予備の弾倉を取り外し、

「……ひょっとして他人の成功が妬ましいタイプ？」

短機関銃スコーピオンへと装着しながら、笑みを零して煽る。

「いるわよね。自分以外の誰かが得をする姿を見ると、なんだか自分がすごく損した気分になる——そう云う下らないことに人生を捧げる愚か者。悔しいなら、せめて見なかったことにするくらいの度量は見せなさいよ」

さらに、

「残酷かもしれないけど……足を引っ張ったところで、お零れは回ってこないのよ」

元よりシャーロットに和解の意思はない。

それは、中華系マフィア二人組とて同じだろう。

「うるせえ黙れッ！　死に晒せ、エージェントッ!!」

男の掛け声と同時に、恐ろしく凄まじい勢いで戦況が動く。

床に突っ伏していた少女も跳ね起きて、二人はシャーロットへと殺到する。

　それは洗練されたコンビネーション技とは程遠い、もはや闇雲で出鱈目な飛び掛かりに等しかった。敵わないことなんてもう解っているのに。敗北を喫するのはどちらか既に解り切っているのに。でも悔しくて。一矢でも報いたいと願って。

　だからシャーロットも終わらせることにする。

「確かに、建物に仕込まれた結界によって異能力は使えない。そして燈幻卿は、異能力でなければ破壊不可能なケージに囚われている」

　シャーロットの太ももの高い位置。黒光りを帯びたラバーレギンスに巻かれた、ガーターベルトにセットされている端末の画面が光る。

　その液晶画面には『Code:RED』の文字が表示されていた。

「脱出させることは永遠に不可能。でも、違うわよね？　その仮定は、建物の効果が永続するものであることを前提としている。だから燈幻卿を救い出すのは――」

　この戦いは、もう既に決着が付いていた。

「――超余裕」

　直後、大きな爆音と共に建物が衝撃に見舞われた。

　ド派手な激震が走ると同時に、施設を支える外壁が崩れ去った。

　この施設で、最も重要な装置が一体何の目的で作られたものであるか。

　それさえ覚えていれば何が起こったかなど、きっとすぐに予測が付くだろう。

永久機関植物園『第三の地球計画（バイオスフィア3）』なんて大層な名前。それはテラフォーミング技術の発展に寄与するはずだった研究の名だ。宇宙空間で永遠に暮らすための緊急避難用カプセルが本来の用途だった。

そんな仰々しい目的が掲げられていると云うことは。

その装置が備わっていても、まったく不思議なことではない。

『シーケンスを開始します。職員は、規定の位置でスタンバイして下さい』

合成音声のアナウンスが施設内にアラートと共に響き渡り、シャーロットを含めて誰もまともに立っていることすら叶わなくなった。そして次の瞬間――

密室は。

天空に吹っ飛ぶ。

あらゆるものを瓦解して。

それがシャーロットの狙いだった。

施設から天高く突き出た砲身のような構造物は、永久機関植物園『第三の地球計画』を宇宙空間へ射出するレール。即ち、大気圏を突破する装置だ。

「施設そのものを爆砕し、特殊な密室（シェルター）を宇宙へと打ち上げちゃえば良い」

密室は、盛大に宇宙空間へと向けて真上に打ち上がった。物理法則や宇宙工学を根底から無視したトンデモ機構だが、そこは魔術的に解決してしまっているのだろう。

ガラスで作られた超巨大フラスコ――太陽光さえ供給され続ければ、生命維持に必要な要素すべてを無限に生成し続ける水溶液で満たされた『完全なる密室』は、成層圏を突き抜け宇宙へと到達する。かつて研究者たちを魅了し、莫大な資金を喰らい尽くした研究成果『第三の地球計画』は、太陽光を除く外部からの干渉なしに、永遠に続く植物園として宇宙空間を彷徨うことになる。たった一人、燈幻卿を内部に取り残して。

『うわっ、おい、貴様マジか！　嘘だろッ!?』

「大丈夫よ。最初に言ったでしょ？」

そのエージェントは、天使のような微笑みで囁いた。

「今回の事件の首謀者……異能犯を倒し、アナタ以外のすべてを破壊する」

『貴様ッ!?　話が違うだろうが、こんなことをして許されるとでも思ってん――ッ』

そこで燈幻卿の声が途切れる。まるで突如として密室内から攫われたように。

それは密室が施設から離れたことを意味し、つまりは結界の外に出たと云うこと。

異能力による干渉が可能になる。大気圏を突き抜けるために上昇した密室。そこに空間転移系の異能力者が入り、燈幻卿を無事に救出した証左であった。

手が届かない。もはや見上げていることしかできない。

中華系マフィアの二人組は、八つ当たりの相手を求めて牙を剥く。

しかし、彼らの目がシャーロットを捉えたときには既に、すべてが遅かった。

真っ直ぐ立つなんて論外な、四つん這いの姿勢を保っていることすら難しい状況下だと云うのに、漆黒のバトルドレスに身を包んだ少女は、ブロンド髪を煌びやかに輝かせながら超人的なバランス感覚で駆け出し、壁を蹴って飛び上がり、宙返りで舞う。


同時に、そのフロアの床が木っ端微塵に吹き飛んだ。


誰も彼も何もが真っ逆さまに落下する。

足場を失った二人の哀れな中華系マフィアは、ただ落ちる。地球の重力に引かれて瓦礫と共に落ち行く中で姿勢を制御することなど、重体の身では不可能だった。

「冥土の土産に、イイコト教えてあげる。一体アナタたちが何者に負けたのか」

しかしシャーロットは違う。その姿は、まさしく神に仇なす者を討ち滅ぼす天使。

彼女は敵対者を地獄の底まで追いかけるべく、真っ逆さまに落ちる。天地が逆さまになった世界で、広げた両手には回転式拳銃ウニカと短機関銃スコーピオン。それぞれの銃口は完全に標的の捕捉を終えていた。

「私は、異能力を使わない。だから異能力が封じられる結界なんて、無意味なの」

「バカな！　たかが銃火器の扱いだけで、お前は『組織』で生き残っているのか⁉」

と叫びながら、底なしの落下を遂げている男の表情が強張(こわば)る。

彼らは知らなかった。知らないこと自体は悪ではないが、実に不幸なことである。

「これからは覚えておきなさい」

いくら防弾チョッキを着ていようが心臓部への直撃の衝撃までは殺しきれない。

地殻が破砕されたような状況であっても、天才的な射撃センスを発揮すれば胸部ド真ん中に命中させ気道を圧迫し、一撃で昏睡(こんすい)状態に持ち込むことだって可能だ。

雷の如(ごと)く迸(ほとばし)る閃光(せんこう)と共に、音速で放たれた二発の銃弾が——二人の敵対者を穿(うが)つ。

すべてが落ちる逆さ吊りの世界で。

「武器を持ったワタシは、たとえ龍虎(りゅうこ)が束になっても敵(かな)わない」

拳銃を構えたブロンド髪の少女は、硝煙を撒(ま)き散らしながら天使のように微笑(ほほえ)む。

「情報統制機構(デウス・エクス・マキナ)『組織』所属エージェント、シャーロット・有坂(ありさか)・アンダーソン。唯一の弟子として、《名探偵》の遺志を継ぐ者よ！」

7

「……で？」

仄かなピンクに煤けた黒髪をツインテールに結んだ、色白の少女が口を開く。

チャイナドレスとフリルを習合させた中華ロリータ軍服が彼女のトレードマーク。

肩や腕や背中、そして生脚を曝す大胆な格好もさることながら、採れたての白桃を思わせる瑞々しい柔肌を侵食するかのように浮かび上がった淫紋――ピンクの光を帯びた翼の生えたハートのような刻印が、背徳的で艶めかしい。

小さな体躯のくせに、とんでもなく不遜な態度は相変わらず。

相手を小馬鹿に見下すような目は真紅のアイラインで彩られ、艶っぽい唇を開けば「ざぁこ」と暴言を吐き続けて、一方的に煽り散らかす表情が似合う。

目のやり場に困る、しかし視線を奪われてしまう存在感を撒き散らす。

そんな性的な劣情を掻き立てられる魅惑のオーラが、その少女――燈幻卿にはあった。

拍車をかけているのは間違いなく、フルーティな桃の香りだろう。信じ難いことに、それは人工的に上乗せさせた香水の類いではなく、ありえないことだが彼女自身から放たれているようにすら思える。それほどまでにミステリアスなのだが、

「逃げられたと？」

「はい」

あっけらかんと言い放つシャーロットに、

「なんでだよ!?」

燈幻卿はブチギレる他なかった。

「今の話の流れ的に、制圧して捕まえるまでがセットだろうが！」

「いや、倒したのよ？　倒したことには倒したし、ちゃんと縛っておいたのだけど……三人揃って最下層まで落下しちゃって、ちょっと脱出経路を探していたら、いつの間にかいなくなっていたのよっ！」


「貴様ッ！　一体ッ！　なんなんだッ!?」


ゼーハーゼーハー。

燈幻卿、あまりに大きな声を出し過ぎて息切れの模様。

とは云え、シャーロットの作戦で燈幻卿が救出されたのも事実だ。

もうここは『第三の地球計画』のあった施設ではなく、警察庁の地下区画のとある一室。

危うく宇宙空間に射出されそうになった騒動から一夜が明けて、翌日である。

モニターやらコンソールやら書類やらが並ぶ中で、燈幻卿は最奥に構えられた黒革の安楽椅子から立ち上がっていた。もしかしたら空気の良さだけなら、捕らえられていた永久機関植物園の方が良かったかもしれない。

対して、シャーロットは特に反省する様子もなく話を聞き流す。

本人のスタンス的には「いつでも捕まえられるし」くらいの、余裕の表れなのかもしれない。むしろ、誰が助けてやったんだコノヤロウ、くらいのことは内心で思っているかもしれない。そんなタイプだ。シャーロット・有坂（ありさか）・アンダーソンは。

燈幻卿も叫び疲れたのか、ヘトっと安楽椅子に沈み込む。

「まさか宇宙空間に射出されそうになるとはな」

「なかなかスリリングだったでしょ？」

「夢にも思わなかったよ……」

結果は散々。燈幻卿は宇宙へ昇り、シャーロットは地下へと落ちた。

「別で待機していた『組織』のテレポーターが間に合ったから良いものの、下手をすれば本当に私は宇宙空間を彷徨（さまよ）っていただろうし、逆に貴様は落下地点をサイコメトラーが突き止めなければ地下空間に閉じ込められていたかもしれないんだぞ？」

「足して二で割ったら丁度良いわねっ！」

ババン！　と、シャーロットは謎に胸を張って宣言する。

「でも、実際のところ宇宙旅行に行けるチャンスではあったのよ？」

「いや一体貴様が何に対して『でも』と言っているのか微塵（みじん）も理解はできない。誰が喜ぶと思う？　いくら永久機関植物園と云えど、話し相手がガラス面に彫られた木々草花模様だけで仄暗い宇宙空間を一生彷徨うなんて云うのは拷問に等しいぞ」

「でもでも、妙案だったでしょ？　異能力を打ち消す結界の中に仕舞われた『異能力でしか侵入できない密室』ならば、結界の外に出しちゃえば良いって発想自体は」

「まるで遺体の上に、密室を構築するような暴挙だな」

「発想の転換よ。褒めてくれて構わないわ。どうぞ。ささ、どうぞ」

「ぶち殺すぞ貴様、おいこら舐めてんのか？　買うぞケンカ、得意だぞ？」

どうにも馬が合わない様子のシャーロットと燈幻卿。

もしもこの部屋に、他の誰かがいれば「混ぜるな危険」の文字が脳裏を過ぎったことだろう。だが、残念ながらと云うのが正しいかは解らないが、この部屋にはシャーロットと燈幻卿以外の何者もいなかった。

「……非常に不本意かつ癪だが、命の恩人であることには変わりない。だから、それに関しては礼を言う。改めて……ありがとう」

「どういたしまして」

頷いて、シャーロットは燈幻卿の正体を口にする。チャイナロリータでふんぞり返る少女と自分以外、誰もいない部屋で。あまりに特殊すぎる故に常に人材不足の部署——今回の事件で、シャーロットに協力を要請した雇い主の肩書を。

「警察庁警備局公安課・異能犯罪対策室、室長──燈幻卿」

シャーロットには、ただの畏まった形式的な挨拶に過ぎなかった。

だが、燈幻卿からすれば、多少意味が変わってくる。きっと自らに課せられている責任を再認識したに違いない。日本国内で発生した異能犯罪を解決する為の極秘組織。その長としての責務が、彼女の剝き出しの小さな両肩にはのしかかっている。

「情けない話だが」

と、燈幻卿は口を開く。

「私の救出作戦に失敗した異能犯罪対策室は、驚異的な人員不足に陥った」

正直かなりの痛手であった。万人に『魔術』の存在を暴露しようとするテロリストに誘拐されてしまった燈幻卿を救出するべく、異能犯罪対策室は施設内に突入した。

だが──その全員が返り討ち。

病院に緊急搬送され、今も意識不明の重体。文字通りの意味で、いつ復帰可能なのか目処すら誰一人として付かない状態である。

「叱責では済まないレベルの、どう捉えても失態。すべて私の責任だ」

だが、シャーロットはことの重大さを解っていないのか、或いは解っているからこそ敢えて無視しているのか、ただ短く一言呟いた。

「良かったわね。誰も殺されずに済んで」

「いいや、どうだかな」

——燈幻卿は自嘲するように首を横に振って、

「殺さず瀕死の状態で生かして、こちらに負担を掛けるのが真の目的だろう」

——事実、彼らは虫の息とは云え、生き残ってしまっている。

「そんな考えが頭を過ぎること自体が、もう既に恐ろしくも思えるが、嫌でも考えなければならないのが私に与えられた責務だ」

——生き残った彼らを病院に搬送したと云うことは、完治するまで入院を意味する。

——その間、まさか護衛をつけない訳にもいかないだろう。異能犯による襲撃の可能性を考えて、異能犯罪対策室の残りのメンバーが任務に当たるのは必然だった。

「ただでさえ少なくなった人員を、さらに割かなければならない。三割の死傷者が出た時点で、軍事的には全滅判定……その文脈に於いて機能喪失も同然の惨状だ」

だからこそ、

「もうしばらく協力してもらうぞ。『組織』所属のエージェント」

燈幻卿はエージェントを頼らざるを得ない。

可能なら、あまり『組織』に借りは作っておきたくないのだが、日本国内で暴れ回る異能犯を野放しにしておけるはずもなく……警察庁としては引き続き協力を要請する以外の手段で、異能犯を取り締まる方法は残されていなかった。

「任せて。その代わり、アナタにも協力してもらうわよ」

「解ってい(わか)る。名探偵の遺志とやらの解析を請け負えば良かろう？」

「マーム……つまりシエスタは《名探偵》として、世界中に遺産を隠した。でも——」

「宝探しをしようにも、宝の地図すら見つからない……なんて状況じゃ誰も協力してくれなかったのだろう。だから警察庁で飼い殺しにされている魔術師——異能力を持つ同胞を裁く裏切り者と蔑まれている私に頭を下げる訳だ」

「……、」

「安心しろ。私は、全世界の情報にアクセスする鍵を持っている超能力者だ」

と、燈幻卿は静かに笑みを浮かべる。

取引は成立した。

8

半年前の六月。

それから一年半前の六月。

もう幾度となく《名探偵》が訪れた国——日本。

シャーロットからすれば、自らのルーツでもある祖国だが、やはりシエスタが気に入っていた国だから、と云うのが一番大きな理由だろう。

異能力を悪用する者が跋扈しないよう、その治安維持を担う『組織』。

その極東支部に身を置くのは、今は亡き探偵が大好きな国だったからなんて、ちょっと恥ずかしくて公言はできそうにない。しかしことあるごとに、この極東の島国にシャーロットが舞い戻ってくるのとは、きっと無関係などではない。

だから、そもそも燈幻卿からの救援要請をシャーロットが断る理由などなかった。

「でも何をすれば？　アナタの警護？」

「いいや、もっと《名探偵の弟子》に相応しいオーダーだ」

「……？」

「日本国内で『魔術』の関与が疑われる事件が発生中なのは知っているだろ」

「結局、世界中のどこにいても『組織』のエージェントである限り、異能犯罪を隠蔽する役割を担うのね」

「対応してくれるな？」

「でもワタシ、『魔術』と『魔法』の区別も付かないド素人よ？」

「もちろん織り込み済みだ、エージェント。貴様は『魔術』に詳しくない」

「まさかとは思うけど。ワタシが事件を解けないところを眺めて笑い者にする気？」

「おい待て。そんな悪癖があるように見えるのか？　安心しろ。魔術的知識の助言役(アドバイザー)は、ちゃんとこちらで手配した」

「ワタシはもう、誰とも仲間にならないと言ったはずよね？」

しかしシャーロットの言葉を無視して、パチンッと燈幻卿が鉄扇を鳴らす。

「ありがたいことに、本日付けで『組織』から魔術師が一人、ウチの配属になった」

「あら？　こっちの『組織』も人材不足が深刻だったはずだけど……」

「貴様ら極東支部ではなく、北欧支部からの人事交流らしいぞ？」

いまいち状況が飲み込めず疑問符を浮かべるシャーロットに、

「本人が強く、極東支部への転属を希望したそうだ」

それ以上の言葉は、燈幻卿からなかった。

代わりにコンコン、とノックの音。

「どうぞ入ってくれ」

燈幻卿の声に応じて開く扉。

そこには。

「情報統制機構(デウス・エクス)『組織(マキナ)』北欧支部所属エージェント、対(アンチ)・異能犯(アンフェア)・捜査機関(アソシエーション)から出向中の魔術師です。本日よりお世話になります」


小悪魔な雰囲気の少女が立っていた。

おそらく年下。そして、すっごく眠そう。

それが、シャーロットが最初に抱いた印象だった。

ゆるふわなミルクティー色のボブカット。まつ毛は尖(とが)っていて目力がすごい。

黒のファー付きモッズコートを肩を外して羽織る姿は、すごく様になっている。

胸の下を絞ったベルトのおかげで、ぴっちりとした印象を受けるノースリーブは、十二月だと云(い)うのに体格の華奢(きゃしゃ)さを強調するような肩見せルック。

アシンメトリーなミニスカートは極めて短く、エナメルのショートパンツがレイヤード的に覗(のぞ)く。ぷっくりと太ももに食い込んでいる黒いニーソックスに挟まれた絶対領域を遺憾なく強調していた。そして黒の厚底ブーツが小さな体躯(からだ)を幾分か高く見せていた。

本人的には、すらりと脚を長く見せたいだけかもしれないが。

しかし最も特徴的なのは、他でもない。

頭の上にちょこんと載せられた、黒い鍔広(つばびろ)の尖り帽子。まさしく全身が黒ずくめ。現代風に魔改造された『魔女っ娘(こ)』が、一番しっくりくる呼称かもしれない。

「ワタシは極東支部所属エージェントよ。シャーロット・有坂（ありさか）・アンダーソン」

孤高のエージェントは最低限の礼儀として、手を差し出す。

「アナタ、お名前は？」

しかし現代風の魔女っ娘は、若干フリーズを起こしていた。

握手を求めるのはアメリカ育ちの流儀が過ぎたか？　とシャーロットは焦ったが、どうやらそう云うことでもないらしい。

魔女のような帽子の奥から覗くアメジストのような瞳が僅かに揺れて。

シャーロットの顔と、その手を交互に不思議そうに眺めて。

北欧支部の現代アレンジされた魔女っ娘は言った。


「ボクのコードネームは、魔装探偵《シャルネリア》。あだ名は——シャル」


今度はシャーロットが息を飲む番だった。

「シャル……？　アナタも？」

「はい。どうやら、あなたもシャル？」

びくんと、シャーロットの体躯（たいく）が小さく跳ねた。

あまりにも懐かしい響きに、強い鼓動が一回鳴ったのを自覚する。

そして在りし日の記憶と共に思い出す。今となっては、もう誰も呼んでくれなくなってしまった、その愛称を。

「これは数奇な巡り合わせだと思ってな」

燈幻卿の声など、おそらく二人には届いていない。

「同じ時期に、同じ組織へ出向される、同じ『組織』所属のエージェント同士。まるで誰かに仕組まれたかのようなレベルで綺麗に整えられた状況……」

だが、

「きっと世界で最も相応しい『相棒』だろう?」

その言葉だけは、シャーロットの中にすんなりと落とし込まれた。

たった二文字の単語に、どれほどの意味を込めたのか。それは発言者である燈幻卿にしか知り得ない。

しかし少なくとも、同じ愛称を持つ者同士で何かしらのシンパシーがあったのは事実だろう。現にシャーロットは、何故だか知らないが強烈な懐かしさと親近感をシャルネリアから感じ取っていた。

ぽふん、と。

お互いを見つめあっていた二人の少女は、自然と手を重ねる。

エメラルド色の碧眼（へきがん）と、アメジストのような紫眼が、互いの宝石のように光り輝く瞳を合わせ鏡のように映し出して、その視線が複雑に絡み合う。

「よろしく。ワタシ、異能力には疎いから」

戦闘には自信があるのだけど、とシャーロットは天使のような笑みを浮かべる。

対して。

「奇遇ですね。ボクは戦うのが苦手です。眠くなるし、基本的に勝てないし」

なんてダウナーな発言と共に欠伸（あくび）を噛（か）み殺し、

「でも、ボクには命を賭けても解きたい事件があるので……協力します。魔術的知識の助言役（アドバイザー）として」

推理には自信がありますから、とシャルネリアは小悪魔の如（ごと）く退屈そうに呟（つぶや）く。

「じゃあ決まりね」

戦闘のエキスパートだが、その実とんでもなく頭が悪い。

故に、異能犯を見つけ出すことが、不可能なレベルで難しいシャーロット。

相対するのは、魔術のエキスパートだが、異能犯を見つけ出しても制圧するどころか制圧されてしまうシャルネリア。

「アナタ、異能犯を暴く役。ワタシ、異能犯を倒す役」

役割分担は為された。

完璧じゃない対極的な二人が惹かれ合うかのように。

互いに異なる弱点と、同じ愛称を持つエージェントたちは不思議な絆で結ばれる。

「シャルネリアさん。ワタシのために推理しなさい」

「シャーロットさん。ボクの代わりに戦って下さい」

かの《名探偵》は、かつて言っていた。

——一流の探偵とは、事件が起きる前に事件を解決しておくものだから。

推理をするまでもなく、最初から結末を知っておく。それがシャーロットの憧れた《名探偵》の遺志を引き継ぐ、と云うこと。

だが、そんなことは絵空事でしかなかった。あんな暴挙は、かの《名探偵》だからこそ成し得た偉業であって、そんな簡単に誰でも真似出来ることではない。

だからそこ特別な意味を持つのだ、《名探偵》と云う枠は。

それ故にシャーロットは《名探偵》とは程遠い。

しかし。

だとしても——。

無理だろうが無茶だろうが、成し遂げなければならない。

それは、シャーロット・有坂・アンダーソンが、シエスタの亡霊に囚われているからではなく——もっと単純な理由。

世界中の誰からも彼女の存在が忘れられた瞬間、あの《名探偵》は二度目の死を迎えることになる。そんなことは絶対に赦さない。赦せるはずもない。だからエージェントは、たとえ力不足でも《名探偵の遺志》を引き継ぐ決心をしたのだ。


探偵はもう、死んでいる。

だけどその遺志は、決して死なせない。

もしかしたら恋焦がれた事件を未然に防ぐことだって、たった一人の力では難しくても誰かと二人で仲良く協力することで乗り越えることが出来ると信じて。


斯くして、天使と小悪魔は邂逅した。

もう『仲間』を作らない、と言いつつ。

しかし『相棒』という存在を認めてしまう矛盾。

もしかしたら。本当は、シャーロット・有坂・アンダーソンは————。

第二章　天使と小悪魔の密室。

1

「早速だが『魔術』が絡んだ可能性のある事件現場に向かってくれ」

と、燈幻卿に言われて、異能犯罪対策室に所属——つまりは燈幻卿の指揮系統下に加わった二人のシャルは部屋を出た。


あらゆる銃器兵器を操るエージェント——シャーロット。

あらゆる魔術の知識を持つ現代の魔女——シャルネリア。


無論、愛称が同じ「シャル」と云うだけで、他に目立った共通点は特にない。

それでも同じ名前——正確には同じ愛称であるが——を持つ、と云う事実にシャーロット・有坂・アンダーソンは落ち着かなかった。

それはシャルネリアの方も同様だったようで、警察庁の地下廊下を歩きながら、少し前を歩くシャーロットに聞こえるよう、わざとらしい溜め息を吐く。

「……あの、シャーロットさん。ちょっといいですか」

「どうしたの、シャルネリア。用件なら移動する車の中で話しましょう」

シャーロットは、誰とも仲良くする気はない。

それは「仲間を作らない」と宣言してしまうほどに固い決意だ。

だから対応も冷たい感じになってしまった。これはいけない、とすぐに反省する。

今は、燈幻卿に頼まれた任務を完遂して、シエスタの遺志を探す協力を取り付けなければいけない。かつて『仲間』との死別を経験したシャーロットは心を許さずとも、遺志を継ぐ目的に繋がる恣意的な『相棒』なら、ギリギリ許容範囲だと自分に言い聞かせた。

「ごめんなさい。『相棒』の話は聞かなきゃね」

決して『仲間』とは言わず、あくまでも『相棒』でしかない。

こんな屁理屈は、最大限に拗らせた言い訳であることなんて自覚している。

それでも『仲間』と云う存在が、再び失われてしまうことが恐ろしいエージェントは、天使のような笑みを浮かべて振り返った。

ふわり、と翼のように広がる赤のフード付きケープ。

幾重にもフリルが地獄のように咲き乱れた、上質な白のブラウス。

コルセットで腰を絞り、ハイウェストからパニエの浮力を得て花開く赤いスカート。

まるで童話の中から攫ってきた――乙女の憧れを体現したかのような、天使のように可愛らしくも格調高さも感じるフェミニンな格好であった。

対して、その正面に立つのは全身黒ずくめ。

襟のリボンや胸元のベルトが体躯を縛るように絞り、華奢なボディラインを強調しているくせに、肩や生脚を無防備に曝け出してユルさも醸し出す。クールとダウナーを見事に混成させた着崩しと云うべき、パンクに染まった現代的な魔女を彷彿させる格好。

不釣り合い。混じり合うことのない二項対立。

赤ずきん姿のシャーロットと、黒い狼のような雰囲気のシャルネリア。ファッションセンスからして絶対に同じグループにはない組み合わせだろう。

互いに互いの瞳を映す中、かったるそうに口を開いたのはシャルネリアだった。

「さっきは異能犯罪対策室の室長——あの冷酷で有名な燈幻卿の前だったたし、日本国内で多発している『魔術』が絡む事件の捜査権限を得たかったので、キミの握手に応じちゃいましたケド」

「ん？　冷酷で有名な燈幻卿？」

「ひとつ忠告があります、シャーロットさん」

首が捻じ曲がりそうなほど頭の中に疑問符を浮かべるシャーロット。

だが、そんな彼女のことなど完全に無視して、

「あまりボクと仲良くしない方が、良いと思いますよ」

絶対零度の冷たい眼差しをシャーロットへと差し向ける。頭の上に載せた大きな鍔の魔女帽子を深く被り直して、立ち止まったシャルネリアはそれきり口を噤んでしまう。

なので当然の如く、

「どうして？」

と、振り返って首を傾げるシャーロット。そんなことを突然言われたとて、きょとんと目を丸くしてしまうのが自然だろう。本当に不思議そうな表情を浮かべていた。

「こんなに可愛いのに」

「か」

ぽかん。と、シャルネリアの表情が固まる。

なんだか場違いな言葉が聞こえたような気がして、フリーズしてしまった。

「何言ってんですか。その、え。か？　かわ……可愛い？」

「いや、だって燈幻卿が魔術師だなんて言うから、どんなヨボヨボおじいちゃんとペアを組まされるかと思ったけれど。こんなに可愛らしい魔女っ娘さんなら大歓迎よ」

「……、」

シャルネリアが唖然としていると、

「どうして仲良くしない方が良いなんて言うの？」

鋭くシャーロットは問うた。短い言葉だが明白に答えなければ、絶対に納得しない。そんな力強さが込められた台詞だった。

「だって――」

シャルネリアは言い淀む。どう説明したら良いのか戸惑った訳ではない。

その表情には諦めが滲んでいた。もう何度も、ずっと繰り返してきた光景だから見飽きたかのようなリアクション。シャルネリアは知っていた。その呪いとしか表現しようのない、恐ろしい体質の話をすれば、誰だって不気味がって自然と離れていくことを。

だから、今までがそうであったように、『相棒』がどんな表情をするのか。

シャルネリは解っていながら、それでもシャーロットに告げた。

何度口にしても慣れることのない、その忌々しい蔑称を。


「――ボクは『魔女』なんです」


「うん。そんなこと、アナタの格好を見れば解るわよ」

「いや、あの。そう云う意味じゃなくて。あれ、日本語でなんて言うんだっけ？」

どうやら正しく意味が通じなかったことを察するシャルネリア。

脳内で再翻訳を試みるが、言葉自体は合っているようだ。同時に、ここで一つの疑問が生じる。そもそもイギリス人と日本人のハーフであるシャルネリアが、どう見てもアメリカ人の血を引くシャーロットと日本語で会話していること自体も妙な話ではないか？

「Charlotte, let's speak in English.」

「あー、ちょっと待った。ストップ、ストップ」

「……？　まさか日系アメリカ人と云うだけで、英語が話せないなんてオチですか？」

「いいえ違うわ。ばっちり話せるわよ。アナタと違って英国式じゃなくて米国式だけど。

むしろ日本語はちょーっとアヤシイ、かも……？」

「じゃあなんで？」

不思議そうに首を傾げるシャルネリア。

対して、シャーロットは真面目な顔で平然と言い放つ。

「だってシャルネリアちゃんのクールな声で、舌ったらずな英語の発音。可愛いから」

「は？」

「もっと聞かせて？」

「いや。あの。ええ……？」

予想外すぎる角度からの賞賛に、もはやどう反応して良いのか解らない。

「真面目に話を聞いて下さい、こっちは真剣なんです」

「ワタシだって本気よ。こちとら魔法も超能力もなしで異能犯と戦うエージェントなのよ？　今さら『魔女』なんて怖くないわ」

完全にシャルネリアは、目が点になってしまう。

あまりにも文化が違いすぎる。よもや『魔女』なんてアニメヒロインの属性くらいにしか思われない極東の島国と比べたらマシなのかもしれないが。

かつてキリスト教の拡大と教徒の娯楽で『魔女狩り』なんて横暴が大流行したヨーロッパ圏と異なり、サバトをお菓子配りの祭事にしてしまうような合衆国の感覚では明白な乖離があった。

「シャーロットさんは『魔女』の本当の恐ろしさを知らないから、そんなことが言えるんですよ。これは御伽話の中の話でもなければ、銀幕の中で巻き起こる巨大スペクタクルでもなくて……ボクの場合は本当に呪われているんです」

つまり、とシャルネリアは告げる。

「ボクと一緒に行動したエージェントは、悉く戦死しています」

冗談みたいな話だが、残念ながら本当のことだった。シャルネリアと組んだエージェントは、死ぬ。たとえ、どんなに強くても。どんなに完璧な作戦を立てても。信じがたいレベルのイレギュラーが起こって死に至ってしまう。

最初は、そんな下らないジンクスを全員が信じた訳じゃなかった。

しかし事実は嘘を吐かない。一人、また一人と、予期せぬアクシデントが起こって次々と一緒に行動するエージェントが戦死する度に慰めの言葉は減った。

「そして遂には、北欧支部に居場所がなくなりました」

と、口に出す一瞬直前。

「それが？」

「え？」

あっけらかんと。

あまりにもシャーロットが、当然のことのように言うものだから。

これにはシャルネリアも驚いてしまう。すごく真面目な話をしていたのに、またしても阿呆みたいに口を半開きにして、目が点になっている現代的な魔女っ娘に対して、幾つもの死戦を生き抜いたエージェントは平然とした態度で、

「別に『組織』所属のエージェントが死ぬなんて、よくあることでしょ」

至って普通のテンションで、そんなことを言う。

その目に怯えや警戒の色はなかった。

きっと何を言ったところで、簡単に笑い飛ばしてしまいそうな。

そんな眼差しをシャーロット・有坂・アンダーソンに向けられて、なんだか調子が狂ってしまうシャルネリアであった。

「…………」

「シャルネリアちゃんは、可愛い。だから仲良くしたいのよ」

「…………………………」

「これ以上に理由なんている？」

沈黙を肯定として受け取ったのか、シャーロットは「さ、行くわよ」なんて言葉と共に手を差し出してくる。

そんなことを言ってくれる人は、今まで誰もいなかった。

ただの常識知らず故の発言――魔女の恐ろしさを知らないから言える言葉なのかもしれないが。それでも、一人の少女が抱える闇を完全に取り払うには至らずとも、ほんの少し閉ざした心を動かすきっかけになったのかもしれない。

「……シャーロットさんて、超バカですよね」

だから、ぼそりと。ちゃんと聞こえない声でシャルネリアは呟いてみる。

誰にも悟られることなく、ちょっとだけ嬉しそうに。

「…………死んでも知りませんから」

2

燈幻卿が手配した黒塗りの高級車に乗り込んだ二人のシャルルは、後部座席に並んで座って現場へと向かっているところだった。運転手の男は黒いスーツに身を包み、サングラスまでかけている。

察するに、万人の死角に逃げ込むための黒尽くし。

服装的な特徴ばかりが際立って、個人を特定できるような特徴が何一つとして記憶に残らない。おそらく燈幻卿の指示を受けた、公安の警察官なのだろう。

(そんなことより……)

と、シャルネリアの視線は横へと向けられる。

自分の隣に座り、窓枠に頬杖をついて外を眺めるシャーロット。

きっと年齢は同じくらい。ちょっと見た目は大人びているが、容姿や仕草は見惚れてしまいそうなほどジャパニーズ『可愛い』の権化だった。

(ボクも日本にずっといれば、こんな風になれるのかな……？)

あまりに短いスカートから覗く、色白で健康的な太ももに視線が奪われる。

大胆な露出で防御力は低そうだが大丈夫かな？　なんて感想に思いを馳せていた。

すると視線に気付いたのか——或いは言うか言うまいか、ずっと迷って上の空になっていたが、ようやっと決心が付いた故に口を開いたのかは解らないが、シャーロットが言う。

「ねぇ、シャルネリアちゃん」

「はい。なんでしょう。シャーロットさん」

「も、もし良かったら……」

「……？」

「お互いのこと『シャル』って呼び合いましょうっ!?」

「……、」

ダウナー系の現代魔女っ娘(こ)シャルネリア。またしてもフリーズである。

「いや。フツーに考えれば解(わか)ると思いますけど……紛(まぎ)らわしいので却下ですよね？」

そしてバッサリ却下する。一応、それらしい理由も並べておく。

当人同士の会話では問題なく解るかもしれないが、第三者が混じれば地獄のような会話に等しいだろう。例えば、燈幻卿(とうげんきょう)を交えた場合とそうでないときに呼び方を変えなきゃいけないのは面倒だ。それに、

（二人きりと、誰かがいるときで、呼び方を変えるなんて……周囲に隠れて付き合ってる恋人同士みたいで恥ずかしいじゃないですか）

とは口が裂けても言えないが、そんなことを思うシャルネリアであった。

なのでキッパリと断る。

だが。

「なんでそんなヒドイこと言うの!?　こっちの気も知らないくせに……っ！」

「……っ!?」

ギョッとした表情で固まるシャルネリア。

本日、何度目のフリーズか、すでに数えてはいない。

なんと突然の号泣である。目に大粒の涙を浮かべながら「うぅ…」とか言っているシャーロット・有坂（ありさか）・アンダーソンに、罪悪感を覚えずにいられない。どこかに羞恥心を置いてきた駄々（だだ）コネ具合だった。

「な、なんなんですか！　いきなり!?　え？　えぇ……？」

「いや、だってワタシたち『相棒』な訳でしょ？　だったら円滑なコミュニケーションのために愛称（シャル）で呼び合うって最適なんじゃないかなって思ったのっ！」

「あー、なるほど。つまり『打算的に仲良くしようと思い至ったけど、友達の作り方が解らないので、愛称呼びを提案した』ってことですか？　阿呆（あほう）ですね、本気で言ってるとしたら仰天ですよ。小学生みたいな因果が逆転したトンチキ理論そのものです」

「だったら教えなさいよ！　友達の作り方！　そんなに言うなら知ってるんでしょ!?」

「そんなのボクに聞かないでくれますか？　知る訳ないじゃないですか」

「ぷーくす。友達、いないんだ？　シャル、可哀想（かわいそう）」

「なんか超ムカつきました」

涙を浮かべていたかと思いきや、いきなり煽られた。

なんなんだ、この人は。と、シャルネリアはシャーロットに困惑する。

だが、同時にシャルネリアが覚えた感覚があった。それはまるで、気になる相手との距離の詰め方が解らない少女を見ているようで。

何故か、自分自身を見ているような気分になった。

シャーロットとシャルネリア。とことん違う二人のようで、似ている気がする。

燈幻卿が『相棒』と言った真意こそ解らないが、情報戦のエキスパートと名高い彼女なりのプロファイリングの結果なのかもしれない。

と、シャルネリアが思考する側で、

「アナタを『シャル』って呼んであげるから、ワタシのことも『シャル』って——」

「いや別に呼んで欲しいとは一言も……」

そもそも、だ。シャルネリアにとって『シャル』は自分の愛称でもある。

それを他人の呼称として使うには、やはり違和感を覚えずにはいられない。

そうまでして『シャル』と呼びたいのか、或いは『シャル』と呼ばれたいのか。

もしくは、その両方なのかもしれないが——いくら推理が得意なシャルネリアでもシャーロットの謎理論・思考回路を完璧に理解するのは難しかった。

「……て、てか」

必死に断る文句を考えて、シャルネリアも応戦する。

「ボクのオフモードの一人称が『シャル』だったら、どうする気ですか？　『シャルはシャルとの話し合いで、シャルがやるってシャルが言ったので、シャルも同意したじゃないですか』とか意味不明な会話文の完成ですよ……？　いいんですか？」

「……どっちも『シャル』だし問題なくない？」

ポンコツな質問に、真っ当な返事。

予想外の回答が戻ってきたので唖然とするシャルネリア。

一瞬、いや確かにそうかとも思ったし、そもそもシャルネリアは一人称が『シャル』なメルヘン少女でもないので、いずれにせよ問題はない……のかもしれない？

（いや、待て。ちょっと待って）

なんだかペースを持っていかれている気がする、と。

シャルネリアは、おかしくなりかけていた自分の思考をチューニングする。

こんなコントを繰り広げる為に遠路遥々、海を渡って北欧支部から極東支部への転属を願い出た訳ではない。あくまでも魔術的知識の助言役として日本国内で発生した『魔術』事件の捜査に携わる為だと、自分の目的を思い出す。

「じゃあ解(わか)った」

「ようやく解ってくれましたか」

「今から解決しに行く事件。先に解けた方が決定権を握るってことで！」

「そんな勝手に……」

「おやおや、自信がおありでない？　魔術的知識の助言役(アドバイザー)が？」

「いえ、ボクが解くに決まっているじゃないですか。今回のシャーロットさんは現場までのガイド。道案内役ですので」

「だったら受けてくれるわよね、この勝負。そうでしょ、シャル？」

「シャルネリアです。まだ勝負はついてないのでフライングしないで下さい」

3

「なんでも質問をどうぞ！」

まるで来日した大スターにマイクを向けるレポーターだった。

なんでも聞いてくれオーラを醸し出しながら胸に手を当ててるシャーロット・有坂(ありさか)・アンダーソン。彼女のことをシャルネリアは知らない。

黒服の男が運転する車内で隣同士の関係性。まだ事件現場に到着しないので、どんな風に任務を進めるエージェントなのかも解っていない。そもそも、誰かと一緒に現場へと向かうのは、いつ以来だったかと思いを馳せていたのだが。

あまりに遠い記憶すぎて、これから行動を共にするエージェントに対する態度が思い出せずにいた矢先にこれである。

元より一匹狼気質なシャルネリアだったが、別に人間が嫌いな訳ではない。

そもそも極東支部への転属希望を出したのは自分だし、関わるエージェントと特別仲良くなるつもりこそなかったが、受け入れたことに対する一定の感謝はある。

もし険悪になって問題でも起こしたら、強制送還は間違いない。だから、お行儀良くするつもりではあった。礼儀として差し出された握手には応じるし、笑顔を向けられれば笑みを返すことも意識している。あまり得意ではないが。

でも、流石に予想外だった。

(なんなんですか、この積極性の塊みたいな猪突猛進おばけ……)

シャルネリアの手には端末が握られていた。そこに映し出されているのは『組織』のデータベースに登録された情報で、シャーロットのエージェントとしての簡単な経歴。

「あの、ボクあんまり機械は得意じゃないんですが……」

差し出された画面を凝視しながら、誤タップを繰り返しては戻らなくなって焦るシャルネリア。本当に機械音痴である。おぼつかない操作しかできない様子に、流石のシャーロットも首を傾げているようだった。

「もしかして、フリック操作慣れてない？　スマートフォンとか持ってないの？」

「必要性が感じられないので携帯電話は持っていません」

「えー……、それ友達がいない人のセリフ」

「るっさい黙れです」

ピシャリと短く言い放ち、

「いくら『組織』のデータベースに登録されている情報とは云え、自分のパーソナルなデータを開示するなんて……少なくとも魔術師の常識的にはありえない話ですよ」

「そうなの？　ワタシ、そう云うのは、よく解らないから」

「……まぁ、いいです」

魔術や超能力は、仕組みがバレたら対策されてしまう。

特に魔術師は自らの術式が解析されないよう、隠したがる傾向がある。

もちろん『組織』もそのことは承知しているので、閲覧クリアランスに応じてデータベースは階層化されているのだが。

確かに、シャーロットの情報は、ほぼフルオープン状態だった。

（……本当に、なんの異能力を持っていないのに『組織』のエージェントを？）

曰く、《名探偵》の推薦で『組織』に入ったこと。

曰く、《名探偵の助手》を自称して、異能力の隠蔽に従事していること。

曰く、《名探偵》とは半年前の六月に死別してしまい、遺志を継ごうとしていること。

そこまで読んで、シャルリアは端末をシャーロットへと戻す。

別に盗み見ている気分になった訳ではない。自分たちが所属する『組織』は、世界に重大な秘密――異能力が存在することを隠す世界的秘密結社だ。今さら誰かの秘密を勝手に知ることなど何も感じない。

ただ、どうしても気に食わなかった。

だからこそ、ちょっと意地悪気味に、直球ド真ん中の質問をぶつけることにした。


「どうして、シャーロットさんは『組織』に入ったんですか？」


シャーロットは魔術を使えなければ、超能力も持っていない。

そんな異能力とは無縁の彼女が、どうして異能力の存在を隠蔽する『組織』に加担しているのか、シャルネリアには理解できなかった。

いくら心酔する《名探偵》に斡旋(あっせん)されたからだとしても、理解に苦しむ。

「この『組織』に所属するってことは、異能力を悪用した相手と戦うってことじゃないですか。シャーロットさん、異能力なんて使えないんですよね？」

「ええ、そうね。ワタシにはサッパリだわ」

「だったら、なおのこと意味不明です」

「そうかしら？」

と、シャーロットは首を捻る。

だが、対するシャルネリアの視線は「そうに決まっている」と冷たい。

「なんの力も持たない人が、異能力者と戦おうだなんて……正気とは思えません」

それはＦ１のレースに、園児用三輪車で参加するような暴挙に等しい。

否、もしかしたら、それ以上に無謀なことかもしれない。月に向かって飛び立ったロケットを、どうにかして洗濯板だけで追跡しようとしているのと同義。ジャンルどころか用途も違うし、やっていることは意味不明の極みである。

つまりスタートラインにすら立っていないのだ、シャーロットは。

その資格がない、と言ってしまって差し支えない。

だからこその疑問。どうしてシャーロット・有坂・アンダーソンは、不利な戦場を選んだのか？

国籍はアメリカにあるが、日本人の血も継いでいる十七歳。これまでに幾つもの組織を渡り歩いて世界中を飛び回った実績が示す通り、傭兵としては優秀だ。そのまま裏の世界の表側で活躍をしていれば、折角のキャリアに傷が付くことはないだろうに。

わざわざ裏世界の裏側――異能力が絡む物語に関わる意味がない。

「魔術や超能力の類は、才能です」

「そうらしいわね。どうにもワタシとは相性が悪いみたいで」

「神や悪魔の力を借りるか、自身の力を発揮するかの違いこそあれど、どちらも等しく、常識の範疇では《ありえない》現象を具現化する才能の持ち主。それが魔術師とか超能力者とか呼ばれる人の正体です」

であれば、そんな才能を妬む者だっている。

魔術を使えない者。超能力を持てなかった者。彼らは自らを弱者へと仕立て上げ、その正当性を主張するべく「恵まれた者を徹底的に叩くような愚鈍」であると、そう信じて疑わずに生きてきた。

だが、どうやらシャーロットは、その枠組みには収まらないらしい。

しばらく考えてから、こんなことを言うのだ。

「んー。あんまり考えていなかったかなぁ、魔術や超能力がどうとかって云うのは」

「は……？」

「なんでそんな仰天されているのか解らないけど、そんなに変かしら？」

「い、いや……だって」

シャルネリアは冷たい人間だが、正当な評価は下すタイプだ。

だからこそ、常識の範疇でしか物理現象が起こらない物語に閉じ籠ってさえいれば、シャーロットが優秀な兵士であったことは認めている。それは世界の諜報機関にすら入り込んでいた経歴が示している。傭兵でもスパイでもSPでも上手にやっただろう。

そんな優秀な兵士が異能力に関わるなど。

救いようのない命知らずでしかない。

(馬鹿なんですか、この人は)

きっとシャルネリアのシャーロットに対する評価は、愚者の一言で終わっていた。

次の一言がなければ。

「まぁ、強いて云うなら目的があったから……かな?」

それは。

「両親を探すため」

それは、データベースには記載されていなかった情報だった。

情報を収集した『組織』が閲覧クリアランスをかけるほど重要なデータなのか、或いはパーソナルすぎるが故に記載されなかっただけかは解らないが、どう考えてもシャーロットにとっては大切な話であることは間違いない。

にも拘らず。別に隠すことでもないから、とシャーロットは口を開く。

「ワタシの両親は軍人だったの。でも二人とも失踪しちゃって、ね。当時まだ幼かったワタシには、どこの組織の命令を受けて、どんな『任務』を遂行中だったかなんて教えてもらえなかったから、手掛かりは何もないのだけど……」

「いや、待って下さい……」

シャルネリアの声が小刻みに震える。

「じゃあシャーロットさんは、その『任務』を特定しようとしているんですか？」

「そう云うことになるのかしらね」

「ご両親が、なんの『任務』を受けていたのかはもちろん、どこの組織に属していたのかすら解らない状況で……？」

「突き止めて、引き継ぐって決めたの。流石に無茶が過ぎるかしら？」

「…………………………………………、」

言葉を、失った。

両親が任務中に失踪したこと。

その両親が受けていた『任務』を特定すること。

そして、その『任務』を引き継ぐことを目的に戦っていること。

そのどれもが、既にシャルネリアからしたら規格外で《ありえない》事実の羅列でしかなかった。

「それがシャーロットさんの『組織』で戦う理由？」

「そうよ」

と、シャーロットは呆気なく認める。

「ワタシは両親が消息不明になった『任務』の真相を求めて、各国のあらゆる極秘組織を渡り歩いていた。そして――」


情報統制機構『組織』に辿り着いた。


「――だから、すべてはあの人たちに会う為の寄り道に過ぎないのよ」

まだ出会って数時間なのに……何回驚かされれば良いんだ、とシャルネリアは呆れることにも疲れてしまっていた。

先ほどの質問にシャーロットが、すぐに答えなかったのは。

（伝えるかどうか迷っていたから？）

パーソナルな事情は、この裏の世界で生きる上で秘匿すべき情報だ。

それを敢えて晒したと云うことは、それだけ相手のことを信用した証でもある。

裏切られない、と考えたから――それだけではなく、万が一にも裏切られたとしても、仕方ないと諦めが付く相手にカウントされた。

よく二人三脚に喩（たと）えられるが、シャルネリアは自動車の運転に似ていると思う。

ハンドルを握る相手のことを信用していなければ同乗しないし、たとえ事故に遭って命を落としてしまっても、それが巻き込まれ事故であったとしても、文句を言わないと決めている関係性。自分以外が運転する車に乗るとは、そう云うことだ。

最初、燈幻卿（とうげんきょう）から「ただの兵士」の助言役（アドバイザー）を言い渡されたとき最悪だと思った。

なんでわざわざ自分たちのような才能ある者を、妬むような連中と行動を共にしなければならないのか。しかし、もうそんな偏見はない。十二センチヒールの厚底ブーティを履いた脚を組み直し、隣に座る『相棒』の横顔を盗み見る。

そのエージェントの名は、シャーロット・有坂（ありさか）・アンダーソン。

高い戦闘能力を評価され、世界から《ありえない》現象の痕跡を消し、人々の平穏な日常と秩序を守る情報統制機構『組織』極東支部所属である。

4

「そう云うシャルは？」

「**だからシャルネリアです**」

「どうして『組織』に入ったの、シャル？」

「ですからシャルネリア……！」

まったく話を聞かないシャーロットに、シャルネリアも驚きを隠せない。

こんなキャラじゃないのに、と。内心でブツブツ文句を垂れるシャルネリアは、脚に引き続き腕まで組む。

どう足掻いても「シャル」と呼びたくて、自分のことも「シャル」と呼んで欲しいみたいだ。何をそんなに執着するのだろう、とシャルネリアは不思議に思う。だが逆に、自分もどうしてそれを拒むのか、なんだか理由が解らなくなる。

（いやいやいやいや。ペースに巻き込まれちゃダメです）

首を横に振るシャルネリア。完全にシャーロットの術中に陥っている気がした。

こうも激しくゴリ押されると、なんだか突っぱねる方が悪い気がしてくるが、そもそも意味不明な提案だ。

「ほら、ワタシも『組織』に入った理由を教えてあげたわよね？」

「うぐ……、」

それを言われると、ちょっと痛い。

だが、そもそも『組織』に入った理由なんて、あまり考えたことがなかった。

「別に、大きな使命があったワケじゃないんです。魔術師の家系に生まれたから、その叡智を後世に遺すため、術式への理解を深め伝承する……その流儀に従った。だから『組織』に入っただけなんです」

「立派な使命でしょ、それ。ワタシは個人的な理由だけれども、アナタは魔術師としての務めを果たしてるってことなんだから」

なるほどね、と頷くシャーロット。

その仕草からシャルネリアは、察する――次の質問を。

きっとこのエージェントは、その質問をしたいが故に自分のパーソナルな話をしたのだろう。だから『組織』のデータベースになかったシャーロットの身の上話は、すべて偽りである可能性に思い至る。どこにも記載されていない情報が嘘であることを証明することは、どんなに優れた探偵でも不可能だ。そこを逆手に取って、両親を探しているなんて嘘を信じ込ませて、信頼を勝ち取ろうとしたのかもしれない。

だとしたら。

シャーロット・有坂・アンダーソン。

想像以上に曲者かもしれない、とシャルネリアは警戒する。

そして、予想通りの質問が発せられた。

「じゃあさ、極東支部に転属希望を出した理由は？」

「どうしてです？」

「命を賭けても解きたい事件があるって、言ってたでしょ？」

的確に、こちらのパーソナルな情報が狙い撃たれるような感覚。だからこそ警戒気味に尋ね返すシャルネリアだった。少しでも信用しそうになった自分の甘さを後悔する。

が、そんな様子などお構いなしに、その決定的な一言をシャーロットは放つ。

「協力できることなら、してげあげたいと思ったからよ」

「…………」

何も言えなかった。

シャーロット・有坂・アンダーソンは。

何も考えていないような、夏の太陽のような笑みを浮かべる少女は。

最初から、微塵の悪意もなく、シャルネリアのことを見ていてくれていた。

なのに。つまり。どうしようもなく徹底して疑っていたのは、自分だけだった。

「あ……」

どれほど場違いで、見当外れな邪推をしていたのか。その格の違いを見せ付けられた気がして、思い返しただけで恥ずかしくなる嫌悪感に襲われて、シャルネリアは両手で自らの両目を覆った。

昔から、疑い深いのは悪い癖だった。

（何が推理は得意です、ですか。これじゃ猜疑心（さいぎしん）が強いだけじゃないですか）

だから。

だから本当のことを告げた。

嘘（うそ）偽りではなく、ありのままの事実を。

どうして自分が極東支部への転属を希望したのか。

どんな事件を追っていて、どんな因縁を抱えて生きているのか。

すべて、ミスリードを仕込むことなく、正しく伝わるように告げることにした。

それは間違いなくパーソナルな情報であり、本来なら率先して話すべき内容ではないのかもしれない。しかしシャルネリアと一緒に行動するエージェントが、一人として残らず戦死した記録は嘘偽りなどではなく『組織』のデータベースにも登録されている。

　であれば、シャーロットには——事実を伝えた上で『相棒』になることを撤回しなかったシャーロット・有坂・アンダーソンには、自分の口から伝えたい。余計な詮索や間違った先入観を持たれてしまうより、自分から白状してしまった方が良いと判断した。

「双子の妹が……」

　と言いかけたのを、まるで否定するかのように言い直す。

「いえ……ボクなんかよりも、何倍も優れた魔装探偵がいたんです」

魔装探偵《シャルネリア》は真実を述べた。

もしもこの場に《名探偵》がいれば、その発言が過去形であることから、何が起こったかをすべて察していたかもしれない。

しかし《名探偵の弟子》であるシャーロットに、察しろと云うのは酷な話だった。

だから真相解明編が始まることもなく、そのままシャルネリアは言葉を続ける。

「でも、ボクが致命的なミスをして。それで……」

ちらりと、シャーロットを見上げる瞳が僅かに揺れる。

「聞いたことありませんか？　支部が違うとは云え、同じ『組織』です。どんな事件が起こったくらいは、風の噂程度でも耳に入ると思うのですが。三ヶ月ほど前に、英国で大規模な魔術的テロ事件が起こったことを……」

「そうなの？　あいにく情報収集は苦手なのよ」

「シャーロットさんらしいです……」

それまでとは、明らかにテンションが違う。

シャーロットの隣に座る魔術的知識の助言役は、それまで見せていた慇懃無礼な態度から一転して、ただの弱々しい少女のような声色で呟いた。

否。むしろ、こっちの姿の方が本来のシャルネリアなのかもしれない。

「北欧支部所属エージェントの中でも、腕利きの探偵が大規模な魔術的テロ事件の捜査を行い、異能犯を特定する寸前まで追い込みました。あ、今更ですけど、英国では異能犯を魔術で撃退することに特化した魔術師を『魔装探偵』と呼んでいます」

「魔術で武装した探偵――魔装探偵」

と、シャーロットは懐かしそうに口遊(くちずさ)む。

「MI6に所属していたときに、少しだけ噂(うわさ)を聞いたことがあったわ」

「はい。魔装探偵は、通常の事件を解決する探偵に非(あら)ず」

シャルネリアは魔女の帽子を被(かぶ)り直して、怜悧(れいり)な瞳を向けて告げる。

「真実を暴き、事実に基づき異能犯を撃滅する者です。異能犯罪の決裁権を持ち、異能犯を逮捕せずに処刑する特権も与えられています」

それが英国式の異能犯に対する制度だった。

日本の警察庁のように、警備局公安課に組織図上は存在しない部門を設置し、極秘裏に異能犯を追い込む異能犯罪対策室のような組織捜査ではなく。

魔装探偵は全員が、異能力の絡んだ事件を裁く最高司法機関として君臨していた。

「流石(さすが)、英国。探偵の始祖様(シャーロック・ホームズ)が生まれた本場は違うわね」

「英国首都の警視庁(スコットランドヤード)は、間抜けな刑事(レストレード)ばかりだと相場が決まっているので」

「英国式ジョークかしら？　初めて聞くけれど」

「ボクの妹の……」

　再び訂正するように、

「ボクが憧れていた魔装探偵の口癖でした」

「妹さんは魔装探偵だったのね」

「……とっても優秀な」

　と、言いかけてシャルネリアは止まる。

　身内の自慢をしているようになってしまったのを気にしたのか、

「少なくとも周囲からはそう評価されていました」

　と、付け加えた上で、

「過去に起こったことを看破する【過去視】の魔眼を持つボクなんかより、未来に起こることを看破してしまう【未来視】の魔眼を持つ、あの子の方が探偵役としては優秀なのは当然じゃないですか」

　その言葉を聞いて、僅かにシャーロットの目が見開かれる。

　これから起こる事件を解決できる探偵。それは事件が起こらないように、事前に種火を消しておける能力の持ち主だ。きっと、かの《名探偵》に匹敵する能力だろう。

　それは、あらゆる勝利が約束されていることを意味する……はずだった。

だが。

否、だからこそ。

シャーロットは間違いなく、その結末を予見した。

何故なら、自らも半年前の六月に直面した現実だったのだから。その予想を裏切らず、シャルネリアの声色は、徐々に徐々にと震えて暗くなる。

「世界で最も優秀な魔装探偵の、たったひとつのミスは……一緒に行動したエージェントが悉く戦死している事実を知っているにも拘らず、そんな『魔女』の呪いなんて突っぱねると言い張って、ボクを『相棒』に選んでしまったことでした」

「……シャルネリア、」

それ以上は辛い言葉だと。今、この場で訊かなければならない内容ではないと。やんわりと話題を逸らそうと舵取りを図ったシャーロットのことを、その気遣いに感謝しながらシャルネリアは、今にも泣き出しそうな声で事実を暴露した。

「ボクの妹は、殺されました……《探偵殺し》に」

短い宣言だった。それは本当に、とても短い宣言だった。

だからこそ、余計な雑念も邪念も一切が排除された、ストレートな言葉だった。

そこに嘘や偽りは介在しない。どんなミスリードも存在しない。ただ、異能犯を捕まえる探偵としての当然の帰結が次に続いた。

「ボクは、ボクの大切な双子の妹を殺した異能犯を倒します」

静かに紡がれたその一言を最後に、しばらくの沈黙が二人のシャルを支配する。

まるで世界から二人ぼっちで切り取られたかのような空間で。

魔装探偵《シャルネリア》は、大粒の涙を零して。

こう言った。

「現在、日本国内で発生している『魔術』が絡む事件の黒幕は《探偵殺し》である可能性が高いです。だから……それがシャルの質問に対するボクの答え。極東支部に転属を希望した理由です」

5

その吐露を。

シャーロット・有坂・アンダーソンは、静かに受け止めた。

「アナタに逢えて、本当によかった」

「今の話を聞いても、一緒にいてくれるんですか？」

「もちろん。ワタシにはやらないといけないことがあるから。アナタを置いて先に死んでる暇なんてないのよ」

「すごい自信ですね……」

「当たり前でしょ。ワタシを誰だと思ってるの？」

同じ愛称『シャル』を持つ、二人の少女。

片方は赤ずきん姿の《名探偵の弟子(シャーロット)》、もう一方は黒狼みたいな《魔装探偵(シャルネリア)》。

そしてそのどちらも、大切な探偵との死別と云(い)う結果に至った。それは痛ましく、でも不可逆な絶対的事実として歴史に刻まれてしまっている。

覆しようのない。でも、終止符は打たせない。こんな酷(ひど)い打ち切りを許すものか。勝手にエンドロールを流されて堪(たま)るものか。物語を閉じるためのエピローグに突入させる気は微塵(みじん)もなかった。

「あの一人で死んでいった探偵の遺志を継ぐのが、生き残ったボクの存在理由です」

コードネーム、魔装探偵《シャルネリア》。

魔術的知識が皆無の《名探偵の弟子》にあてがわれた助言役(アドバイザー)。

北欧支部より《探偵殺し》を追ってきた少女は、極東の島国でシャーロットと運命的な出逢(であ)いを果たした。

6

早速、魔術が絡んだ疑いのある異能事件の捜査が始まる。

と誰もが思っていたが、問題が起こった。

未だに現場に到着しないのだ。

「……どうやら渋滞にハマったらしいわね」

「人口や機能が一極集中しすぎです、日本の首都は」

日本人の血を引いているとは云え、どちらもハーフであるシャーロットとシャルネリアからすれば、やはり異常な光景のようだ。

しかし二人は、優秀なエージェントとアドバイザーだ。

立ち往生しているとは云え、寝たフリで時間を潰すような真似はしない。

「さて、まずはどうするの？」

「順当に考えれば、現場周辺での聞き込みですかね」

移動中の車内は密室だ。秘密の捜査会議を始めるには悪くない。

現場に到着する前に、基本方針のすり合わせをしておくことにした。

むしろ、シャルネリアとしては、初めてバディを組む相手なので思考の癖も把握しておきたいと考えている。とてつもなく不安なので。

「異能が絡んだ事件とは云え、警察に事件として認知されている以上、捜査本部が管轄の警察署に設置されていることでしょう」

「流石、魔装探偵。詳しいわね」

「これくらい常識では？」

「え？」

「え？」

「……ええ。そうね」露骨に目線を逸らすシャーロットは「当たり前よね？」と言う。

「……まぁ、いいですけど。いくら警察庁の燈幻卿に頼まれた仕事とは云え、ボクたちは一般人。警察署にアポなし突撃したところで、落とし物窓口に案内されるのが関の山。捜査本部から情報を得ることなんて不可能です」

「ほへぇ……」

「……あの」

ついにシャルネリアは、言いにくそうに口を開く。

「シャーロットさんって、今までどうやって異能犯罪を解決してきたんですか？」

「敵のアジトに乗り込んで壊滅させてたわね」

「あー、はい。解りました。もう」

エレガントさの欠片もない、バイオレンスな回答だった。そんなことを言われたら当然の如く、英国育ちのシャルネリアは慄く。アメリカ育ちのエージェントは、どうやら推理よりも強襲がお似合いらしい……と、なんとなく察する。

「どうする？　どこのアジトから襲撃する？　事件現場から近い順に片っ端からぶっ潰して回るのでも構わないけど？」

「日本の異能犯罪に対する捜査能力の低さに驚くばかりです……」

「何よそれ」

「今回はボクに任せて下さい」

きっぱりと、シャルネリアは言い放つ。

「犯人は、ボクの得意な『ルーン魔術』を使ったみたいなので」

異なる文化圏では、異なる方法で《ありえない》現象は研究される。

もちろん、黄金の夜明け団の系譜が編み出した『カバラ魔術』や、旧ソ連の超能力機関による『超能力者』などの覇権を握っているメジャーな体系は世界中どこにでも幅広く波及しているが、その逆——つまり支部ごとに得意分野が存在する。

例えば、極東支部では『陰陽術』を専門に扱う組織があるように。

北欧支部には『ルーン魔術』や『ケルト魔術』に詳しい組織がある。

シャルネリアが所属していた魔術結社もこれに該当する。

因みに、魔術に関してはド素人も同然なシャーロットからすれば『ルーン魔術』と『ケルト魔術』なんて言われても、違いなんて解らない。

なんとなく「どちらも同じじゃないの？　どちらもルーン文字を使うじゃん」なんて感想を抱いてしまうが、それを見越していた燈幻卿から釘を刺されていたので、余計なことは言わないように心がけていた。と云うか、怖くて訊いていない。

「ところでシャルちゃん」

「シャルネリア、です」

「シャルちゃん？」

「違います」

傍目から見たら仲が良いのか悪いのか、よく解らない。

この二人、仲裁する者がいなければ、この調子でずっと言い争いが絶えそうになかったのだが、車が停まると示し合わせたように黙る。理由は、視線の先。黄色いテープに黒で印字された規制線が張られていたからだ。

『立ち入り禁止　警視庁』

つまり、そう。ここは事件現場である。

そして二人は早速さらなる問題に直面する。

「もしかして、入れない？」

規制線の内側にあるのは、現代的なデザインの建物。

そこは十代の少年少女で溢れ返る、なんの変哲もない高校だった。

規制線は校門に張られていた。シャーロットたちは私服。この学校の制服を着用している訳でもなく、学生証も持っていない。校門の上に最新のセキュリティセンサーが設置されていることを鑑みるに、部外者の侵入を許してくれないだろう。

「え？」

と仰天するのは、やはりシャーロットだった。

「どうして？　ワタシたちには異能事件の捜査権があるはず……？」

「ないわよ。そんなの最初から。ボクたちは燈幻卿……つまり警察庁の要請で異能事件を解決しようとしていますケド、そもそも彼らが非公式の存在なんですよ？」

「えー、嘘でしょ……」

「普通に事件として発生している以上、警視庁刑事部が通常の捜査を行っている。彼らは事件に魔術が絡んでいる可能性なんか一切考慮していない。そもそも異能力の存在自体を知らない。所詮は表の世界の住人ですから」

「事件現場に入れないのに、どうやって捜査しろって云うのよ！」

頭を抱えるしかないシャーロット。通常の事件として警察が捜査を行なっているので、現場に入れない。学校の制服すら着用していない少女二人が、その目的を明かさずに学校の敷地内に入るのは不可能だ。

　さて、どうしようと思案していると、

『お困りかね？　エージェントと助言役(アドバイザー)』

　運転手が手渡してきた端末に、安楽椅子(いす)の上で胡座(あぐら)をかいた燈幻卿(とうげんきょう)が映っていた。

『貴様らに解決してもらいたい異能事件は、学校内で発生した。だが、学校は生徒か教師でなければ入ることは難しい。特に貴様らのような、見るからに同年代では他校生を疑われて敷地内に入ることなど不可能だ』

　困惑する二人のシャルのことなど、すでに置いてけぼり。

『学校から少し離れた場所に車を停(と)めて、トランクを見てみろ。健闘を祈る』

　そして微笑する燈幻卿は太ももの淫紋に触れながら、わざとらしく付け加えた。

『なお、メッセージ終了後……この端末は自動的に爆発する』

　ちなみに。

　最後のセリフをジョークと笑ったシャーロットだったが、その予想を見事に裏切り本当に爆発したのでエージェントの悲鳴が上がったのは余談である。

第三章　嘘(うそ)にて『衆人環視の密室』を毀(こわ)す。

1

『やっぱり潜入捜査にはコスプレが必須だな』

ご満悦の声だった。インカム越しでも燈幻卿の得意げな顔が思い浮かぶ。

第一印象ではミステリアスかつクールな、冷たい瞳が印象的な少女だったが、実は年齢相応に表情豊かなリアクション芸人疑惑が浮上しつつあった。

対して、そんな燈幻卿の声を聴きながら、二人のシャルは学校に入る。


校門のド真ん中を正々堂々と。


トランクに入っていたのは、銀のアタッシュケースだった。

スパイ映画とかで大活躍するアレだ。潜入前にカッコ良い感じに渡されて、任務中に大活躍する秘密道具が満載の――お馴染(なじ)みのアイテム。

中にはどんなハイテク道具が格納されているのか。

少しだけ心を躍らせていた少女たちの目に飛び込んできたのは、生徒手帳――以上。それだけだった。

『情報戦や電子戦なら私の「超能力」に任せてくれ給え』

シャーロットとシャルネリアの二人が無事に校門を通り抜けると、憐れむような声色で燈幻卿が得意げに言い放つ。

『喩えるならオートロック・マンションの脆弱性と同じ。電子的な仕掛けで難攻不落な安全圏を気取っているが、扉が物理的に存在する以上は合鍵で侵入が可能だと忘れてしまう。熱心な守衛が一人でも配置されていれば、不審者を呼び止めていただろうに……』

「機械に頼りすぎたセキュリティの欠陥ですね。これだから科学は」

シャルネリアは、大きな溜め息を吐いて燈幻卿に同調する。

「こんな生徒手帳の贋作を持っているだけで、警報が鳴らなくなっちゃうなんて」

『そう言ってくれるなよ。現に、貴様らが赤ずきんと魔女の姿のままでも、ごく自然に生徒たちに交じっていられるのは『魔術』のおかげじゃないか』

「学校内での隠密行動は『敵から身を隠すルーン』を応用するのが最適、と考えたので」

燈幻卿の指摘通り、シャーロットとシャルネリアは、私服——赤ずきん姿と狼みたいな魔女の格好のままだが、特に混乱は起こっていない。隠れることなく学校の中を闊歩しているが、明らかな部外者にも拘らず、誰も不自然そうな視線を向けていない。むしろ風景に溶け込んでいた。

その理由は、

「周囲の人の目には、ここの学校の制服を着ているように映っています」

機械的なセキュリティは生徒手帳で突破し、人の目は『ルーン魔法』で欺く。まさしく燈幻卿とシャルネリア——超能力と魔術の合わせ技だった。

『私のような情報戦のスペシャリストからすれば、電子的なロックは鍵どころか扉が開けっ放しの玄関みたいなものだよ。世界中のネットワークに接続されたシステムは常に私の支配下にあると言っても過言ではない』

と、まぁ冗談のように聞こえる燈幻卿のセリフだが。

残念ながら、燈幻卿は本当に電子的な分野のスペシャリスト。

なので本人は本気でそう思っているだろうし、事実そうなのだろう。

銀行の預金データのゼロを数個消したり増やしたりはもちろん、この世に実在しない人物のパスポートを正規の手順で発行することだって可能だ。どんな異能力を持っているのかは開示されていないが、世界中で発生するサイバー犯罪は燈幻卿たった一人ですべて解決できる、とまことしやかに囁(ささや)かれていた。

電子情報戦に特化した力と云(い)うことだけは経歴からも推察できる。だからこそ、

『存在しない生徒の生徒手帳を用意するなんて、実に簡単なことさ』

燈幻卿が用意した偽造パスを使い、最新セキュリティを正規の方法で正面突破することなど雑作もないこと。

「警察庁にはデータ改竄の超能力者がいるって噂でしたが、実在したんですね」

『それは褒め言葉として受け取っておこう』

地獄耳なのか、それとも自分のことを褒める言葉は絶対に聞き逃さないような特殊な収音技術を用いているのか。もしかしたら百キロ先の人が発した褒め言葉ですら聞こえる超人的な能力なのかもしれない、と本気で疑うシャルネリアだった。

「命拾いしたわね、燈幻卿」

と、今まで黙っていたシャーロットは唇を尖らせる。

メッセージが終わると同時に、小規模な爆発を遂げた端末。手のひらサイズとは云え、完全に油断し切っていたので不意打ちだった。ちょっと手を離すタイミングが遅れていれば火傷していたかもしれない。なのでシャーロットは怒っていた。

「覚えておきなさいよ」

きっと警察庁の地下からモニタリングしているであろう燈幻卿に対して文句を言う。

しかし、燈幻卿は応じない。

「都合が悪くなると、通信状況が悪くなるらしいわね」

「……そんな訳ないじゃないですか。きっと敢えて無視したに決まっています」

大胆不敵な笑みを浮かべた燈幻卿の姿が、脳裏を過った。

どこからモニタリングしているのか皆目見当が付かないシャーロットは取り敢えず、そこかしこに設置された監視カメラに向かって睨みを利かせておく。

因みに本人的には凄んでいるつもりなのだが、一々顔を近付けるように腰を折るので、傍目から見れば変なダンスを踊っているようにしか見えない。流石に奇行までは『魔術』でもカバーしきれないので、一瞬、周囲の目がシャーロットへと向けられてしまう始末。

「やっぱり、バカだ……」と憐れむような視線を向けるシャルネリア。

『あぁ、やはりバカだな。このエージェントは』

続く言葉はインカムからではなく、

「何してんだ貴様」

真後ろから聞こえた。

「「？・」」

おっかなびっくり。二人のシャルが足を止めて。

顔を見合わせてから後ろを振り返ると。そこには、いやがった。元凶が。

「「燈幻卿!?」」

二人のシャルと同じく、いつもの軍服ドレス――チャイナロリータに身を包んだ、どこからどう見ても不審者にしか見えない燈幻卿が、そこにいた。

「『何してんの⁉』」と、素っ頓狂な声をあげてしまうシャルたち。

だが「何を驚いているんだ貴様らと同じく認識阻害（ジャミング）しているから安心しろ」と、さも当然と言わんばかりに、燈幻卿（とうげんきょう）は二人を追い抜き先導するように歩む。

「いつから私が現場には登場しないと錯覚していた？」

「……いや、だったらなんで一緒の車で来なかったんですか？」

「おいおい冗談は止（よ）せ。気の利く上司の条件を知らんのか？　部下同士の親睦に気遣って席を外せるスキル、とか。そう云（い）う感じの、あるだろ」

そこまで言われれば、シャーロットでも燈幻卿が言わんとしていることを察する。

「もしかして車に乗れない子？」

「なんだ、バカにしてんのか貴様は」

「身体（からだ）ちっちゃいし酔っちゃうからヘリで来たの？」

「どうやら私は喧嘩（けんか）を売られているらしな。良いぞ買うぞ？」

「大丈夫です、燈幻卿。シャーロットさんに高度な煽（あお）りはできませんから」

「そうよ！　バカになんかしてないわ！」

奇跡的なバランスで会話が成立している三人は、中庭へと到達する。そこが目的地。二人のシャルが解決すべき異能事件が発生した現場だった。

「その前に、こないだＳＮＳでバズってた、この学校オリジナルのフルーツグミを購買部で買っても構わないか？」

「……………………………………………………………は？」

まさかの依頼人が捜査妨害を始めたので、シャルネリアも目が点である。

「だって」と言いながら、燈幻卿が端末の画面を向ける。「超高級果実で作られた、この学校の生徒しか買うことができない幻のグミだぞ？　味はもちろん見た目も可愛い。是非とも賞味したいじゃないか」

「……、あの」

「ピーチ味がオススメだ」

「もしかして潜入捜査に来た本当の理由って……」

「ん？　あまり余計に察しが良いと、恐ろしい目に遭わせるぞ？」

2

「事件概要は、車内にあったファイルで把握しておいたな？」

「まぁ、ざっくり」と、答えるシャーロット。

「はい、しっかり」と、答えるシャルネリア。

どちらが優等生と呼ぶに相応しいか、一目瞭然の対極的な返事だった。

現場となったお嬢様学校。その中庭を、ぐるりと見渡して、シャルネリアはアメジストの瞳を疼かせる。

「この事件は『衆人環視の密室』です」

いきなりそんな言葉を言われても、ミステリに疎いシャーロットは頭の上に「?」を浮かべるだけ。無理もない。彼女は異能犯罪を事件として解決する探偵役ではなく、異能犯を武力で制圧するエージェントなのだ。

「囚人監視?　何を言っているの、シャル」

シャーロット・有坂・アンダーソン。まるでシャルネリアがトンチンカンなことを言い足したかのような雰囲気で、宥め始めてしまう。燈幻卿の救出みたく戦闘でどうにかなる武力介入こそ得意だが、頭脳で犯人を追い込むのは不得手なのだ。

「ここは学校よ?　監獄ではないわ」

「衆人環視の密室です、シャーロットさん」

「でも事件現場は屋外でしょう?　とても密室が絡んでいるとは……」

「密室と聞いて、どんな状況を思い浮かべますか?」

「鍵が掛かった部屋とか?」

「そうです」

人差し指を立ててシャルネリアは、

「外部と隔絶された、誰も出入りが不可能な密室」

まるで出来の悪い生徒に、特別授業を行う世話好き教師のような態度で続けた。

「でも正確には、そこで事件が発生している以上、それは『出入りが不可能に見えるだけの不完全な密室』です」

何故なら、とニコリと笑みを浮かべた助言役は得意げに言い放つ。

「トリックによって構築され、犯人が脱出した抜け道が存在しているのですから」

シャルネリアの言葉を捕捉するように、燈幻卿も頷く。

「私が捕らえられていた『不可逆の異能密室』のような完璧な密室なんて、そう世の中には存在しない。だからこそあれが《ありえない》現象の類だった訳で、普通に発生する密室殺人なんて云うのは不完全な密室だ」

「それを解き明かすのがミステリで、犯罪捜査とは不完全な密室が不完全であることを証明する作業です」

それは予め答えが用意されたパズルを解くようなもの。

だから、間抜けな刑事でも頑張れば事件を解決することができるのだ。

「ところが『衆人環視の密室』となれば、話は別です」

喩えば、と。

シャルネリアは人差し指で自分の太ももの上に一本の線を引く。

「とある部屋の中で明らかな他殺体が発見されたにも拘らず、室内に被害者以外の人間は存在せず、唯一の外部に繋がる通路に信用できる二名以上の目撃者が立っていた場合。物理的に閉ざされていなかったとしても密室殺人の定義に当て嵌まります」

なるほど、とシャーロットも理解を示す。

「目撃者の証言によって成立する以上、完全なる密室に等しい……ってこと？」

ある意味で、物理的な密室よりも面倒だった。物理的に閉ざされている部屋ならば、それを構築するためのチャンスが犯人側に用意されている。

扉の前に立ち、施錠に使った鍵を内部へと送り込む為のトリックや、密室に見せかける為のトリックを講じることが可能だ。それこそ、誰にも見られていないのだから、どんな不審行動も制限なく行うことができてしまう。

だが、衆人環視の密室は、明確に目撃者がいるのだ。誰も部屋の中から出てきていないという証言は、物理的な密室内からの脱出を完全に阻害している。扉の前に立ってトリックを講じるどころか、物理的に部屋の中から出てくることができない。

目撃者が共犯でない限り。

「被害者は、現役ＪＫインフルエンサー」

魔術的知識の助言役は魔女の帽子を被り直して、

「ランチタイムの配信中、多くの生徒で賑わう中庭が事件現場です」

　その難解なミステリを口にする。

「誰も被害者に近付いてすらいません。数多の目撃者が相互監視することで偶発的に構築されてしまった『衆人環視の密室』の中で、彼女は絶命しました。居合わせた生徒と配信の視聴者——総勢五十万人の目撃者全員が第一発見者にして不可能犯罪の証人です」

3

　犯人がトリックを仕込むことなど、どう考えても不可能な状況だった。

「被害者・櫛踏愛螺は、日本国民なら誰もが知る現役ＪＫインフルエンサーでした」

と、優等生なシャルネリアが被害者の概要を暗唱する。

「優れた容姿と過激な投稿でＳＮＳのフォロワー数を伸ばし、弱者を正当化する極論暴論をひけらかして炎上を起こすことで有名な……流行りの放火魔ですね」

　ちなみにシャーロットは、聞き手に回りますオーラ全開で続きを促した。

　そして燈幻卿は購買部でゲットしたピーチ味のグミを、上機嫌に頬張っていた。お口をモグモグと動かして、

「今の時代、ちょっとインターネットで注目を受ければ、誰だって愚かな群衆を扇動する

ジャンヌ＝ダルクになれてしまう。事件発生日も、いつものように中庭でランチ配信。英語も堪能だから世界中にファンがいて、同時接続数が五十万人を下回ることはない」

「学内カーストは最上位。一軍女子の女王様。典型的なイジメっ子だったようですね」

「陰湿すぎて泣けてくるよな。同じ時代に生きる、同じ世代がやっているとは思えないような内容だ。黒い噂が後を絶たないが、その絶世の美貌と頭の良さから、絶対に捕まらない位置に自分を配置することが得意な策士であったことは確かだな」

「資産家だった両親を早くに亡くし、幼少期に汚い大人の一面を見せつけられたことが人格形成に深刻な傷を残したようですが。同情の余地を残すことなく、むしろ吹き飛ばすレベルには大悪党ですよ、この櫛踏愛螺って女子高校生は」

「小学六年生の妹・櫛踏恋瑠と二人暮らしをしているらしいが、ひどいネグレクト状態だったらしい。可哀想に」

するとシャルネリアは静かな声で、

「傲慢な姉と引っ込み思案の妹。よくいる姉妹ですね」

と、意味深に呟く。その言葉の真意を解りかねたシャーロットは、少しだけ不思議そうな顔をする。だが、話を遮ってはいけないと考え、事件の難しい部分は頭脳派のシャルネリアと燈幻卿に任せてしまおう、と黙っていることにしたが、

「事件当日も櫛踏は、授業終了と同時にスマホで配信を開始しました」

「学校の中で配信者として活動してるのって、どうなの……」

あまりのフリーダムっぷりに、思わず言葉が零れた。

「自由の解釈を間違えた愚者ですよ。その日もいつものように購買部でサンドイッチとミネラルウォーターのボトルを購入後、特等席のベンチに一人で座っていました」

「その一部始終は、配信を通じて全世界五十万人が視聴していた訳だ」

「はい。櫛踏が座ったベンチは、あそこです。急に雨が降っても、頭上を通る渡り廊下が傘の代わりになるので、決まってそのベンチに座っていたらしいです」

「息をするように自分の私生活を配信していたアーカイブからも、それは確認済みだ」

「櫛踏はサンドイッチを食べながら、スマホを片手に承認欲求モンスターとしてネット上で暴れまわっていました。信者のコメントを読み上げ、エコーチェンバーで罵詈雑言が絶えない中、ミネラルウォーターを半分ほど飲んだところで……」

「……急に苦しみ出して、絶命したのね？」

「司法解剖の結果、体内から高濃度の毒薬・除草剤が検出された」

燈幻卿は桃色に光り輝く、宝石のようなグミを口に放りながら続ける。

「中毒性の高さから生産は中止されているが、回収運動も使用禁止令も出されていないことから、規制される前に購入されたパラコートが納屋や倉庫に眠っている懸念がかねてから浮上していた代物だ」

そして、と燈幻卿（とうげんきょう）のアクアマリンの瞳が中庭の倉庫へと向けられる。

「捜査の結果、学校の古い園芸倉庫の奥からパラコートが発見された。遺体及び周辺の地面から検出されたパラコートと成分が一致したことにより、被害者を死に至らしめた毒物は、ミネラルウォーターのボトルに入っていたと断定するに至った訳だ」

周囲を見渡すと、他にも複数のグループがランチに洒落込（しゃれこ）んでいた。

櫛踏愛螺（くしぶみあいら）が変死を遂げたベンチと周辺にのみ規制線が敷かれているが、事件が発生してから三日が経過しているので校内は日常を取り戻しつつある。学校を代表するような生徒の変死は一定の影響こそあれど、本来の学舎としての機能を完全に奪い去るほどのことではなかったらしい。

「被害者が死んだのは昼休み、しかも配信中だったんでしょ？」

と、シャーロットは挙手して質問を口にする。あまりに単純な疑問を。

「視聴者を含めて目撃者が五十万人もいたのに、どうして警視庁刑事部の捜査一課は疑わしい目撃証言の一つも得られないのかしら？」

「むしろ逆です」

シャルネリアはベンチに座った。

もちろん規制線の内側ではなく、近くの別のベンチだ。

被害者が死んだ状況を再現するように、燈幻卿がグミを買うついでに購買部から同じサンドウィッチまで調達していたシャルネリアは、プラスチック製の包装紙を破く。

「つまり『衆人環視の密室』です、シャーロットさん」

はむり、と。野菜とハムが満載のサンドイッチを口にして、

「本件が難航している理由の一つに、絶命の瞬間を不特定多数の人間が目撃していること、が挙げられます」

シャルネリアは賑（にぎ）わう中庭を見回す。

「櫛踏が殺された中庭には生徒が五十名ほど。その他にも、中庭を廊下から見下ろしていた生徒や、近くを通った生徒も含めれば容疑者は百を超えます。でも櫛踏は、ずっと配信をしていたんです。購買部で彼女が未開封のボトルを購入してから変死を遂げるまでの間、誰一人として櫛踏に近付いた者がいないことを五十万人が保証しています」

その事実が意味することは、

「状況証拠は、自殺の可能性すら否定しています。誰一人として接近者はおらず、外傷もない。ボトルの中に毒を混入させるチャンスは――本人にすらありません」

「え、でもペットボトルが画面外に出て映らなくなるタイミングとかも――」

「ありませんでした。それは燈幻卿が映像を解析して確認済みです」

シャーロットの指摘をシャルネリアは否定した。

「なので本件は迷宮入り。それが警視庁刑事部の最終的な結論となるはずでした」

「ところが、そうならなかった。警察庁からの圧力によって捜査は継続」

と、燈幻卿が言いながら掲げていたのは情報端末だった。

櫛踏が苦しみながら、絶命していく悍ましい配信が映し出されていた。

「大人を散々見下していた生意気な小娘が、無様に息絶える映像はバスっている」

あまりの趣味の悪さに、シャーロットは視線を逸らす。

「サイコメトラーに調べさせたら『ルーン魔術』の痕跡あり、と報告を受けたのでな。刑事部捜査一課の手には余ると判断し、私たち警備局公安課が引き継いだ」

と言いながら、生地の薄い軍服チャイナロリータの胸元のスリットに指を引っ掛ける燈幻卿。端末を手の中でクルクルと指で弄ぶように回したかと思えば、次の瞬間。あまりに信じ難いことが起こった。

燈幻卿は端末を、自らの胸の間に挟むように滑り込ませたのだ。

これには二人のシャルも驚いてしまう。座ったシャルネリアからは角度的な意味で安全だった。しかし同じ目線のシャーロットからは、シルクで艶めかしく光るスリットの内側が丸見え。雪のように白い肌や、その柔らかそうに膨らんだ胸元が盛大に見えてしまったので、顔を赤らめながら慌てて目を背ける。

いくら魔術で、周囲の生徒からは存在が検知されなくなっているとは云(い)え。

燈幻卿の大胆すぎる行動には、羞恥心の欠片(かけら)も感じられない。脚の付け根まで見えてしまいそうな肌面積もさることながら。肩や背中、そして両脚の太ももの内側に浮かび上がっている——ピンク色に発光した淫紋が、刺激的で危険な桃の香りを漂わせている。

「どうして、そんなことを？」

と、シャーロットは咳払(せきばら)いをして、なんとか冷静さを取り戻す。

「異能犯の存在を隠す。それが『組織』の目的でしょ？　なら迷宮入りのままでも……」

「エージェント。忘れたか？　事件の一部始終が配信されていたんだ。ネットに転がる情報をすべて自分の知識だと思い込みを拗(こじ)らせて、自分の知能では理解できないことがあるなんて夢にも思っていないような、そんな陰謀論者が跋扈(ばっこ)するのが現代だ。連中は、賢い自分だけが見抜けた『真実』とやらを、結論ありきの暴論で確証もなく垂れ流す」

「……でも、自殺ってことにしちゃえば、いくら騒がれたところで——」

「SNSの暴徒を見てから言えよ。それに……それだけじゃない」

シャーロットの言葉を遮った燈幻卿は、どこか悲しそうに、

「死んだ者の遺志なんて、死んだ当人にしか解(わか)らない」

それは少し、だが決定的に、心のどこかを抉られるような言葉だった。

どちらも等しく大切な探偵を失った二人のシャルは、予想外のタイミングで突き付けられた言葉の刃に顔を顰める。

言葉を放ったのが燈幻卿だと云う事実が、その衝撃度合いを強めていた。彼女のような情報のスペシャリストだからこそ、解らない。どうしてそんな発言をしたのか。その真意が余計に解らない。

「自らを害すると云うのは、人ひとりが命を犠牲にすると云うことだ。どれほど遺された者が考えたところで、それらしい答えに到達したとて、それは真に正しい解なのか解らない。否、解るなんて吐いて良い訳があるまい。死んで黄泉の国で感動の再会を果たさない限りは、死んだ者の声なんて二度と聞くことができないのだから。そんな尊い死に方を異能犯が犯した罪の隠れ蓑にするなんて……貴様らの方が許せないだろ？」

二人のシャルは、声を発する力を根こそぎ奪われた。

「自殺ではない証明は難しいが、同じく自殺である証拠もない」

あくまでも燈幻卿は、目の前の事件について語る。語っているはずだ。

「だが、毒物を携帯した容器も見つかっていない。パラコートは液体だ。溶けて消えるオブラートに包むなど、不可能だろう？」

「……状況は理解しました」

なんとか声を絞り出し、シャルネリアは脚を組み直す。

太ももの上に頬杖(ほおづえ)を突きながら、組んだ脚をぶらぶらさせる。必然的に顔を突き出す姿勢となった訳だが、その瞳は興味深そうに規制線の内側を眺めていた。

「警視庁刑事部捜査一課では『自殺とは思えない状況での自殺』にしかならず。でも、このまま迷宮入りさせてしまうと被害者の信者や、誰かを貶(おとし)めるための努力を惜しまない暇人がネットで好き勝手に暴れ回って——異能犯の存在を吹聴するかもしれない」

「それだけは阻止しなければなるまい？　異能犯は可能性すら隠すべきだ」

燈幻卿は、袋の底に転がった最後のグミを惜しそうに眺めながら言った。

「お手並み拝見と行こうじゃないか。魔装探偵見習い」

4

「でも、異能犯の特定なんてどうやって？」

戦闘は得意だが推理が苦手なシャーロットは、疑問符を浮かべる。

異能犯を捕まえろと命じられたことは何度もあったが、まさか異能犯が起こした事件を解決しろと言われる日が来るとは思わなかった。

「推理とかできなくない？　魔術とか超能力とか、なんでもありすぎるでしょ」

なんせ異能力が絡んだ事件。その犯人を特定しようとしているのだから、真っ当な思考では真実に到達できないのは明白だった。

いくら『組織』所属エージェントとは云え、万能の魔人ではない。

今までも幾度となく異能事件には携わってきたが、シャーロットの役割は基本的に事件解決後。つまり異能犯を特定し終えたあとだったり、或いはアジトへの強襲だったり。推理の必要なく戦闘ですべてを終わらせるエージェントなのだ。

推理を求める方が酷である。むむむ、と唸るシャーロットに対して。

シャルネリアの答えは、実にシンプルだった。


「ただ観て、察する。それだけです」


ここから先は助言役ではなく、禁則を犯す探偵役となった。

誰もが信じない『真相』を闇に葬り、万人が信じる『真実』を捏造する。

事件を解き明かすはずの探偵役が嘘を吐くなど奇想天外。一歩でも間違えれば、冤罪を生み出す危険な思想そのものだろう。

俄かに信じ難い手法だが、しかし嘘を吐くだけで禁則を犯す探偵役と称するのは、些か過激に思えるかもしれない。彼女が探偵役の矜持として掲げる『ノックスの十戒』にも、探偵役が虚偽を吐くことを禁ず項目など存在しない。

では、一体何を以って、彼女は物騒な二つ名を掲げるようになったのか。

「ボクの魔眼は『真相』を識別します」

次の瞬間。知的好奇心が疼くと同時にアメジストの瞳は妖しい光を帯びて、眼前に広がった異能事件を喰らい尽くす。

誰が。どうして。どうやったのか。そのすべてが一瞬にして解ってしまう。

事件が起こった現場を視界に収めさえすれば、シャルネリアは過去の映像を重ね合わせるかのように目撃することが可能なのだ。

それが彼女の『魔術』だった。

それが彼女の【神の視点】と呼ばれる魔眼だった。

それが彼女の《ありえない》現象を引き起こす異能犯に対する策だった。

シャルネリアには、異能犯が解る。証拠や推理も必要なく、ただ現場を眺めるだけで過去のフィルムが立体映像として勝手に再生される、とでも説明すればイメージも容易いか。

犯人。動機。手段。

そのすべてを見抜いてしまう【神の視点】が、シャルネリアの本懐。

どこぞの《名探偵》は規格外だとしても、この魔装探偵見習いの術式も常識外の性能を誇っていた。

「現場検証を終えました」

その言葉は、既にシャルネリアが『真相』に至ったことを意味する。

警視庁刑事部の捜査一課と鑑識課ですら、三日掛けても解決できなかった事件。

シャルネリアは、たった十秒ばかり現場を眺めただけで、もう既に『真相』を突き止めてしまった。

「探偵役としては、あるまじき掟破りだな」

と、燈幻卿は口笛を吹く。

しかしシャルネリアは悪怯れる様子もなく、ただ嘯く。

「相手が異能犯なら、探偵役も禁則の一つや二つ犯さなきゃ公平じゃないですよ」

たった一つしか存在しない『真相』を探偵役として語り明かす。

「この事件は異能犯によって起こされました。ボクたちと同じく――存在感を他人に感知されないレベルまでに引き落とす異能力によって、白昼堂々と五十万人以上の目撃者がいる中で、ボトルの中にパラコートを投入……これが『真相』です」

「大胆不敵とはこのことか」

燈幻卿も、そのあまりに単純な犯行手段に失笑を零す。

「その不届者は、どこのどいつだ？　被害者に虐められた同級生か？　それとも彼女のカルト的な人気に嫉妬心を暴走させた大馬鹿者か？」

「いいえ。いずれも違います。もっと適任がいるじゃないですか」

シャルネリアは、その名を告げた。

「恋瑠（こいる）。被害者の妹です」

その『真相』に、シャーロットは絶句する。

「……小学六年生の妹が、実の姉を殺害したって言うの？」

殺人事件のうち、犯人が被害者の親族である割合は約五十パーセント。

そんな統計学の話を聞いたことはあったが、十二歳の少女が殺人に手を染めるなど、できれば信じたくない『真相』だった。

しかしあくまでもシャルネリアは、淡々と語り続ける。

「動機は十分じゃないですか。唯一の親族である姉にネグレクトされ、いない子同然の扱いを受けていたんです。だから存在感を消して、なるべく注意を引かないようにして、怯（おび）えて生きているうちに異能の力が身に付いてしまった……って、ところかと」

ありがちな話ですね、と。

平然と言い放つシャルネリアに対して。

「で、でも凶器は？　パラコートなんて毒物……どうやって小学生が知ったの？」

縋（すが）るような声でシャーロットは異を唱える。

それが無駄なことだと解っていても。やはり、どうしてか。家族を殺すなんて認めたくはない、と云う気持ちが彼女の心の中で暴れ回っていた。

しかし燈幻卿が、無慈悲にも現実を突き付けた。

「ここは科学技術が驚異的な発展を遂げた現代日本だぞ？　イマドキの小学生は個人で端末を持ち、ネットの海から自由に自分好みの情報だけを選り好みして、集合知を我物顔でひけらかし、世界のすべてを知った気になれる時代だ」

「過去に発生した毒殺事件を調べていれば、パラコートに辿り着くことは可能です」

「だけど、どうやって園芸倉庫から運び出したの？　そ、そもそも、なんでパラコートがそこにあるって知っていたの？」

「シャーロットさん」

「そうよ、誰かが彼女に罪を被せている可能性も――」

「シャーロットさん」と、もう一度遮ってから「あ、ありえません。どんな理由を並べても、どんなに優秀な弁護士に弁論させても、異能犯は恋瑠であることは変わりません。ボクの瞳に宿った魔眼【神の視点】によって『真相』であることが保証されています」

「事件は無事に解決か」

と、言って燈幻卿は胸元から端末を取り出す。

「捜査一課は、交友関係のトラブルや過去に炎上させられた人物からの報復の線ばかり洗い出していたが……まさか妹だったとはな」

「凶器に毒物と云う体格差を無視して殺害できる代物を選んだ以上、最初に疑うべきは女子供ですよ。まったく、これだから警察は……。一度、素晴らしい探偵小説でも読んで勉強し直すことを強くオススメします」

「現実の事件が、探偵役にとって都合が良いように起こる訳じゃないぞ」

軽口に軽口を返しながら、燈幻卿は端末を操作する。しかしそれは捜査一課に事件が解決したことを伝える為の行動ではない。

そもそもの前提。シャルネリアは確かに、魔眼【神の視点】を持っている。

それは紛れもなく『真相』だが、しかし科学と云う名の宗教に認知を歪められた現代では、常識と云う名の虚構を振り翳す者からの正当性を認められず「シャルネリアは見えもしない幻覚が見えると喚く厨二病」と云う『真実』が決定付けられるだろう。

日本の刑法学は《ありえない》現象によって犯罪が発生することを認めていない。

喩えば、誰かを呪い殺す儀式を行ったところで、殺人未遂の罪に問われることはなく迷信犯として扱われてしまう。

万が一、本当に対象が死に至ったとしても、因果関係は証明されない。

彼女の言葉だけでは、事件を解決することなど不可能だった。

だから、燈幻卿は事件を解決させることにした。

「エージェントに命ず。異能犯・櫛踏恋瑠(くしぶみこいる)を抹消しろ」

5

「……待って」

　と、吐き出したのはシャーロットだった。

「今回の事件は、小学六年生が異能犯だったのよ？」

「今まで未成年者に対しても、貴様は問答無用で制圧してきただろう？」

　暗殺任務だって請け負っていたはずだ。どうした？　と、燈幻卿(とうげんきょう)は実に不思議そうな表情で首を傾(かし)げる。

「異能力を用いて犯罪行為に及んだ異能犯の存在は、世界から隠さなければならない。それが『組織』の大原則よ？　でも、彼女に関しては事情が……だから情状酌量の余地があると思うの」

「それを決めるのは探偵役ではない」

　と、シャーロットの言葉を燈幻卿はバッサリと切り捨てた。

「それは司法の出番だ。そして異能犯は、現行法で裁けない存在。故に、警察庁警備局公安課・異能犯罪対策室が処罰に関しても一任されている」

しかし。

「燈幻卿。ボクも反対です。てか、まだ事件は解決していません」

「……何を言っている？　貴様の魔眼が『真相』を見抜いたじゃないか」

「はい。ただ『真相』を見抜いただけです。もしも世界が、科学に対する信仰をやめ、魔法や超能力の存在を認めてくれたら……犯人と犯行動機と犯行手段が解(わか)ってしまっただけで、警察へと異能犯を突き出せる世界観の物語なら、解決編の幕は下りたでしょう」

ですが、とシャルネリアは続ける。

「お忘れですか。ボクは魔術で武装した探偵です」

その本懐は他でもなく、

「これから『真実』の捏造(ねつぞう)を行います」

シャルネリアの探偵役は、ここからが本番。

たった一つの『真相』を知った上で、事実に反しない『真実』を用意する。

「そんなことができるのか？」

燈幻卿は半信半疑で、だが興味深そうに自らの頬(ほお)を撫(な)でる。

「解ったよ。私は物解りの良い上司だ。いいだろう。対(アンチ)・異能犯(アンフェア)・捜査機関(アソシエーション)の手腕とやらを見せてもらおうじゃないか」

「良い判断です。ボクに捜査権限を渡せば出世しますよ、燈幻卿（とうげんきょう）」

シャルネリアは魔女の帽子を外す。

ミルクティ色の茶髪の、その柔らかそうな前髪の奥から覗（のぞ）くアメジストのような瞳が見開かれ、瞬く間に世界からあらゆる色彩が喪失した。

それは。

まるで逆再生の世界だった。

凄（すさ）まじい勢いで、人の影が動き回り、そこで行われた過去すべての行動がシャルネリアの瞳の中に投影される。そして、ある瞬間を捉えて、カチリと映像が止まった。

他でもなく事件が発生した瞬間である。

まず、犯人は恋瑠（こいる）。これは絶対に変更できない事実だ。犯行手段は、直接投入。徒歩にて存在感を消して被害者の背後へと這（は）い寄り、ミネラルウォーターのボトルに毒物を混入させた。そして、そのまま歩いて『衆人環視の密室』を脱出した。

これが『真相』。

紛（まご）うことなき『真相』そのもの。

だが、捜査当局や司法は『真相』を認めてくれない。

だから『真相』を、常識の理（ことわり）に収めた『真実』に差し替えなければならない。

次に確定すべきは『真実』に使える事実の選定。シャルネリアの瞳に映し出された色褪せた世界は、高速で動き出しては決定的な場面で一時停止を繰り返す。必然的に、推理に必要な事実を視覚的に列挙された形になった。

被害者・愛螺は、ベンチに座ってからボトルを開封した。

直後、こくりと一口飲んで、視聴者と共に暴言を垂れ流し、もう一口飲んだ。

そんなことを繰り返して、五分ほどが経過して。最後の一口となったサンドイッチを指先で口の中に押し込んでボトルを口にした直後——卒倒。

ボトルの中身を盛大にぶち撒け、喉を押さえて、もがき苦しみ絶命した。

誰も近付いてないどころか、開封されてからボトルは、ずっと被害者が握っていた。

そんな光景を瞳に映して。

「……ふぅーん、面白いじゃないですか」

シャルネリアは、唇を撫でるように華奢な指先を添えて嗤った。

ラメ入りの無色マニキュアでも塗ってあるのだろうか。テカテカに光る手入れの行き届いたツメが、星屑のように輝く。

すべてが停まってしまった景色の中で。

知的嗜虐心を疼かせた動悸だけが、世界に響いていた。

6

比喩表現ではなく、色褪せた世界が木っ端微塵に砕け散った。

魔眼【神の視点】によって再構築された、過去の世界からの復帰を果たしたシャルネリアは、その冷たい光を放つアメジストの瞳を真上の渡り廊下へと向けた。

その視線の先にいる——万人の死角に入り込む魔術を纏った人物を捉えて呟く。

「シャーロットさん。櫛踏恋瑠を発見しました。自分と同じ魔術を使っているボクたちのことを警戒しつつ頭上の渡り廊下から様子を窺っています。捕獲できますか？」

「一つだけ確認させて。アナタは、あの子を殺したりしないわね？」

「悪いことをした異能力者を極秘裏に殺すなんて、そんな犯罪シンジケートみたいな真似しませんよ——日本の警察庁じゃあるまいし」

挑発でしかない言葉を至近距離から浴びても、燈幻卿の顔色は変わらない。

この事件が、どんな結末を迎えるのか。それを世界で唯一知っているシャルネリアのアメジストの瞳を凝視していた。

そしてシャルネリアほどの探偵役だからこそ、気付いていた。

できない、とは言わなかった。シャーロットは、高さにしてビル三階ほどの頭上にある渡り廊下から覗き見をしている少女を捉えることに関して、できることを前提に確認をしたと云う事実に、シャルネリアは気付いていた。

だから次の瞬間、シャーロットの体躯が三階の渡り廊下に到達していても驚かない。

目を見開いて驚いたのは、三人の様子を不審がって窓枠から顔を半分覗かせて様子を窺っていた異能犯・櫛踏恋瑠くらいだろう。無理もない。人間は天使ではないのだから生身で空を飛べる訳もなく、地上一階から三階まで跳躍することなど不可能なのだから。

しかしシャーロットは、あの《名探偵》が認めたエージェントだ。

常に服の内側に仕込んである、幾つもの装備の一つ。袖から発射されたワイヤー付きの楔を撃ち込んで、自身を地上三階に巻き上げることくらい造作もない。

その驚異的な身体能力もそうだが、真に恐ろしいのはスピードだった。正体を隠すように赤いフードを被り、ケープを広げながら音もなく舞い上がる。その常識の範疇に収めるには難しいショートカットを、赤ずきん姿のエージェントは異能力もなしに敢行した。

もはや《ありえない》現象に等しい。

だからこそ、眼前に迫ったシャーロットの手に恋瑠は目を見開いて、廊下を転げて後ずさる。自分と同じ異能力者が捕まえに来たのだ、と直感で理解したのだろう。

例の『組織』だとか、警察庁に異能犯罪対策室があるとか、そんな裏の事情など何一つ知らなくても、これだけ状況が揃えば誰にだって簡単に想像が付いてしまう。映画やアニメの中で、散々繰り広げられた光景なのだから。

詰まるところ——

「異能力を悪用した者は、黒ずくめの組織に消される……って思った？」

——なんて最悪の想像をシャーロットが代弁する。だからこそ、脱兎の如く直後に《ありえない》現象が起こった。

ふっと、恋瑠の輪郭が泡のように溶けて姿が消失した。

「完全に姿が見えなくなったわ」

『どうやら希釈率を上げたみたいですね』

水のように空気に溶け込む。それが櫛踏恋瑠という少女に宿った異能力だった。

もはや完全に目標を喪失したに等しい。たとえ優秀な警察官でも兵士でも、或いは戦闘員だとしても、目に見えない相手を追跡することなど不可能だった。

『視界に入らなくなる——万人の死角に入り込んでしまうルーン魔術の応用ですね』

シャーロットの脳裏に、直接響くシャルネリアの声。詳しい仕組みは解らないが、きっと魔術的な通話のようなものだとシャーロットは理解する。

『ボクも上に登ります。シャーロットさんは一旦、こちらに戻って――』

「いいえ問題ないわ」

ガッと、シャーロットが腕を伸ばした。

そして掴んだ。

目に見えない何かを。

「目標確保。テレポートだとか、霊体になるとかだったら、流石にワタシもお手上げだったけど。存在感を他人に感知されないレベルまでに引き落とす異能力……なら、触れることはできるわよね？」

「……っ!?」

声にならない悲鳴が、短くあがった気がした。

一体何が起こったのか解らず、パニックに陥ったのかもしれない。

世界の誰からも姿が見えなくなった異能犯は、その《ありえない》現象を受け入れきれずシャーロットに掴まれた腕を振り回す。

『……マジで言ってんですか』

信じられないことに。

シャーロット・有坂・アンダーソンは、透明になって逃げおおせようとした異能犯の気配を感じ取って、拿捕した。

「視覚を奪われた暗がりの中で、七百ヤード先から放たれた――音速の三倍で迫り来る狙撃を回避するよりも簡単なミッションよ」

『バケモノじゃないですか、シャーロットさん……』

「そう言うアナタも……いつから渡り廊下に人払いの結界を張っていたの？」

見渡せば、新校舎と旧校舎を繋(つな)ぐ渡り廊下にはシャーロットしか立っていない。

より正確には、見えなくなった恋瑠(こいる)と二人きり。ランチタイムで賑(にぎ)わう声が校舎に響き渡る中で、学校の中心部が無人など《ありえない》現象だった。

『そちらに向かいます。もちろんボクは階段で』

「アナタのそう云(い)う先読みのバケモノっぷりを発揮しておいて、すっ惚(とぼ)ける態度。とっても魅力的よ？」

『エージェントなモードのシャーロットさんこそ。ずっとそうなら惚(ほ)れちゃうのに』

「心にもないことを」

『いや、これが存外……本気かもしれません』

嘘(うそ)とも真とも取れない声色で、シャルネリアの声が微笑した。

『もしかしたら、シャーロットさんとなら、本当に「相棒」になれるかもしれません』

だから、シャーロットも、文脈を無視して命題を突き付ける。

「どうやって、この子を犯人にするの？」

シャルネリアは、恋瑠を犯人にしなければならない。

境遇を考えれば同情の余地はあるだろうが、あくまで『真実』のみを探求する場面に於いて、犯罪に手を染めた者に一切の庇護など不要なのである。

情状酌量を決定するのは専門家たる裁判官の仕事であり、警察や、ましてや探偵の仕事ではない。然るべき役割を果たす者を、正しく導くために『真実』を捏造することこそがシャルネリアの役割だった。

「事件の『真相』を葬って『真実』を捏造しましょう」

不自然に人がいなくなった渡り廊下に、その探偵役は現れた。

もしも他の探偵役志望が、その言葉を聞いたならば耳を疑っただろう。

不正解たる『真実』を嘘偽りで創り上げ、偽装別解と称してひけらかすなど滑稽、探偵の風上にも置けない不届き者と揶揄されるかもしれない。

だが、それは『真相』と『真実』の違いが解らないにわかのセリフだ。

探偵役に求められた役割は、あくまでも事件の解決であって『真相』の正解に到達することではない。つまり解法は正解でなくとも構わない。不正解だとしても、採点者たる警察や検察、そして裁判所が正当性を認めてしまえば、トンデモない『真実』は、実際にあったこととして扱われる。

「今から『衆人環視の密室』を破壊します」

7

中庭は、気持ちが良いくらい見晴らしが良すぎる。

背の低い植え込みや、細い木々こそあるが、姿を隠せそうな遮蔽物など存在しない。

いくら小学六年生の小さな体躯と云え、誰にも気付かれずに被害者に接近して、その被害者しか触れていないボトルに毒物を混入させるなんて不可能だ。

それこそ冗談抜きで存在感を消しでもしない限り、無謀すぎる。

「せめて物理的な死角が一つでもあれば、そこを起点にするのですが……」

渡り廊下を進みながら、横目に真下の中庭を見下す。

「五十万人を超える視聴者を含む――目撃者が本当に厄介ですね」

誰にも気付かれずに接近した、なんて荒唐無稽な推理は残念だが成立しない。

たとえ『真相』であったとしても、検察に証拠不十分で突き返されるのが関の山。それでは話にならない。だって《ありえない》現象なのだから。

渡り廊下の中腹で、シャーロットの隣に到着したシャルネリア。

そのアメジストの瞳――魔眼【神の視線】が、見えないはずの人物を捉える。

天使のようなエージェントに察知され、小悪魔のような探偵役に知覚されたことで存在感を消しきれなくなった異能犯――恋瑠の姿が出現した。

その姿は、どこにでもいそうな小学生だった。

とても人を殺すとは思えない、心優しそうな子だった。

敢えて語るなら、とっても可愛い整った容姿。それは美人の姉譲り、とても将来が楽しみな整った顔立ちであった。

「……私に、お姉ちゃんは殺せません」

この物語に於ける異能犯・櫛踏恋瑠の最初で、そして最後の言葉だった。

「あれ、何を勘違いしちゃってんですか？」

世の中を舐め腐っているとしか思えない挑発的な眼差しが、すぅっと色を失うように研ぎ澄まされていく。

「ボクは、もうとっくに『真実』を見定め終えていますよ？」

禁則を犯す探偵役が『真実』を語る。

「事件発生時、あなたは校舎内にいました。被害者には近付いていませんし、もちろん中庭にも姿を現してしません。それは五十万を超える目撃者によって確定された事実です。覆しようがありません。だから、あなたはある方法を使って毒殺しました」

『まさか毒物をテレポートさせたとでも？』

と、今度は中庭に残った燈幻卿の声が脳内に響いた。

「いいえ。毒物がテレポートしたなんて、愚かな科学に洗脳された哀れな現代日本人は誰も信じないでしょう」

　と、当然のようにシャルネリアが否定する。

「でも、テレポートは使えなくとも、この世界には手を触れずに物体を移動させる方法が存在します。恋瑠は、その力を使いました」

『馬鹿馬鹿しい。手を触れずに物体を移動させる方法だと？　実はサイコキネシスが使えます、だなんて調書に書いたところで誰も信じないぞ』

「その方法は、別に特異な力ではなくて物理法則ですので……ご安心を」

　シャルネリアはアシンメトリなショートパンツのポケットに突っ込んでいた生徒手帳を引っ張り出すと、窓の外へと突き出して手を離す。

　すると。

　それは起こった。

　生徒手帳は見えない力に引っ張られて地面へと落下する。

「凶器を運んだのは『重力』です」

　地球上に存在する、すべての物体に掛かる引力。その強大な力を使って、恋瑠は被害者の頭上にあった地上三階の渡り廊下から、毒物を落下させた。

『……馬鹿な』

当然のように燈幻卿が反論する。

『考えてもみろ。毒物は液体だ。そんなものを三階の渡り廊下からぶち撒けたって、落下に伴い拡散する。被害者のボトルに直撃する訳がない』

「パラコートの致死量は約四十㎖。半数致死量なら、たった十二㎖。遺体の周囲には、除草剤が撒かれた痕跡があったはずですよね？　だって被害者が毒殺された際にひっくり返したペットボトルの中身が、現場にぶち撒けられたじゃないですか。現場検証で、それが地上三階から降ってきていないとは反証できません」

『……だとしても、だ』

わずかに黙った燈幻卿だったが、

『普通、頭上から液体が降ってくれば声の一つもあげるだろうが』

「小瓶をひっくり返して一気にぶち撒けた、とは言っていませんよ。燈幻卿。流石にそれは非常識が過ぎます。恋瑠は、一滴ずつ落下させたんです。パラコートの半数致死量はごく少量。小匙にして約三杯。不可能ってほどでもないです」

『証拠はどこにある？　今のままでは絵空事。女子中学生がケータイ小説に投稿する穴だらけのミステリもどきだ。探偵役を活躍させたいだけの、読むに堪えない駄作ですらない落書きだぞ』

「この渡り廊下の、ベンチの真上の窓枠に鑑識を回して下さい。きっと少量のパラコートが検出されます」

『何故そんな場所からパラコートが？』

「存在感を消して殺害したのち、三階の渡り廊下から中庭の様子を見下ろす際に付着してしまったのが『真相』ですが……残されたパラコートの痕跡と云う事実を使って、地上三階から落下させた『真実』を捏ち上げでも構わないでしょ？」

『いや、まだ反論はある』

一切の妥協を許さないからこそ、

『どうして被疑者は、そんな面倒な手順を踏んだんだ？』

燈幻卿は、根本的な質問を口にした。

『正直、驚いた。事実に基づいた「真実」の捏造、見事だよ。だが、恋瑠にそんな奇想天外なトリックとも呼べない行為をする理由がない。行動原理が不明だ。第一、そんな方法では確実性がない』

しかし。

「確実性なんか度外視していたんですよ」

あっさりシャルネリアは、その推理の弱点を認めた。

「だって、恋瑠は真っ赤なランドセルを背負う姿がお似合いの小学六年生。いくら自分が虐げられていたとは云え、今となっては唯一の親族……実の姉が目の前で死ぬ様なんか見たくなかっただろうし、多少の感謝もしていたんじゃないですか？　だから、」

何か言いたそうに息を呑む燈幻卿を制して。

告げる。

「神様に懸けてみた」

『神様だと？』

唐突にぶっ込まれたオカルトワードに、燈幻卿は拒絶反応を示す。

『貴様、今は「真実」を語っているんだよな？』

「燈幻卿。逆に教えて欲しいです。恋瑠にとって、今回この場で、姉の愛螺を殺さなければならない理由はありませんよね？　三階から落下させて、ペットボトルの中に致死量のパラコートが混入するか。これぱっかりは神様のみぞ知る世界です」

あっ、と。

まるで今気づいたかのような、わざとらしい声で。

シャルネリアは、その『真実』を語り続けることをやめない。

「もしかしたら、これは何度も失敗している殺害計画の一つかもしれません」

その可能性を否定できない。

誰にも、否定することができない。

「もう何十回、何百回も黒星が付き続けてきた果てに、ようやく付けられた白星」

『そんなのは悪魔の証明だ』

「一滴、一滴。恋瑠は神様にお願いしながらパラコートを落下させました。小瓶の中身が尽きるが先か、姉が致死量の毒薬を摂取するのが先か。何十滴に一滴ずつ、ペットボトルの中には無色無臭のパラコートが入って蓄積されていったのかもしれません」

『……、』

「ぽつん、ぽつん、と。あなたにも聞こえませんか？」

なんとも恐ろしい『真実』だろうか。

にんまり、と。シャルネリアは笑顔を横に引き裂いて、右手を耳の後ろに添える。聞き耳を立てる仕種（しぐさ）で小悪魔のような探偵役は、静かに捏造（ねつぞう）を終えた。

「姉を死の淵（ふち）へと追いやる水滴の音（カウントダウン）が」

第四章　天使と小悪魔の密約。

1

きゅっ、と。蛇口を捻ってシャワーを止めた。

半身浴。バスタブを満たす心地の良い湯に身を委ねながら、シャーロット・有坂・アンダーソンは極楽気分に浸っていた。

ゆったり脚を伸ばしたバスタブの中で、雨のように降り注いだシャワーで濡らした金髪にトリートメントを塗り込む。もちろん入浴剤だって抜かりはない。デトックスをデカデカと銘打った発汗系バスソルト。しゅわりしゅわりと広がるローズの香りが、バスルーム内に湯気と共に充満する。

効能なんて知ったこっちゃない。要は「なんか良い気分」になれるなら、その辺りの細かいことは気にしない。プラシーボだろうが事実として全身の疲れが癒やされるのであるならば、この少女にしてみれば至福の時間なのだ。

「……はふぅー」

天井を見上げて溜め息を吐く。白い泡が浮かんだ、少しピンク色に濁った湯と漂うローズの香りを堪能しながら、タブレットで映画鑑賞。

「まったくエージェント遣いが荒いわ」

と、シャーロットは脚の指先まで伸ばすように体躯を反らす。

昨日は、燈幻卿を救出するために銃火器をぶっ放し。今日だって、異能事件を解決するべく、慣れない推理で奔走した。

世界を飛び回り、今や異能力の情報統制を担う『組織』に属する十七歳のエージェントだって年頃の少女には変わりない。リラックスタイムは必要だ。むしろ、最高のパフォーマンスを発揮するためにも趣味の半身浴は欠かせなかった。

ボトルで持ち込んだスポーツドリンクを、コクコクと喉を鳴らしながら飲んで、タブレットの中で繰り広げられるドタバタ劇を眺めている。どうやらカーチェイスのシーンらしくド派手な爆発炎上が繰り広げられていた。

「でも、まさか驚いちゃったわね」

と、シャーロットは誰に言う訳でもなく独り言を零す。

脳裏に浮かべていた人物は、そう、他でもない。

「シャルネリア……。同じ愛称、か」

そこに特別な意味などない。そんなことは最初から解っているし、ただの偶然だと解っている。別に珍しい愛称でもないので、世界中を探せば同じ愛称を持つ人間など他にもいることだって解っている。

それでも、何故か無視できない存在になっていた。

理由は自分でも解らなかった。本来、シャーロットは誰かとつるむようなタイプのエージェントではなく、常に孤高であり続けようとしていた。

なのに、どうして今回に限って？

「似ている……から？」

だが、それを否定するのもシャーロット自身だった。

「ワタシはあんなにツンツンしてないわよ。なんなの、こっちは仲良くしてあげても良いって言ってるのに、あのつっけんどんな態度は……！」

友達いなさそ、と呟いたところで盛大なブーメランがブッ刺さってることに気付いたのか「ん？」と不思議そうな表情を浮かべて固まるシャーロット。思考を仕切り直す。

シャーロットとシャルネリア。

似ているようで、どこかが決定的に異なっているような気がしていた。

しかし考えても答えは出ない。チラリと時計に目をやると、既に半身浴を始めてから二十分は経過しようとしていた。胸元から股下まで、体躯を覆うように巻いていたタオルも湯を吸って、ぐっしょり濡れているので保湿は万全。のぼせてしまう前に、一旦シャワーを浴びなければならない。

湯に浮かべたアロマキャンドルを浴槽縁に退けながら、立ち上がった。

だばだば、と。タオルの裾から大量の湯を、爆撃のようにバスタブ内へ落としながら湯を出たシャーロット。

蛇口を捻り冷たいシャワーを全身に打ち付ける。タオルを解いて、顕になった肌から泡を洗い流して、髪のオイルも濯ぎ落とす。温かい浴槽と、冷たいシャワー。これを交互に繰り返し、身も心も浄化は完了。

これで明日も頑張れそう！　と鏡に向かってスマイルを浮かべる。

さて、準備は整ったと言わんばかりの口調で、シャーロットはバスルームの外、おそらくリビングにいる人物に向けて言った。

「シャルちゃーん、一緒に入らなぁーい？」

「絶対にお断りです」

と、曇りガラスの向こう側で絶賛不機嫌そうな声が聞こえた。

2

泊まるところがない、らしい。

正確には、シャルネリアの拠点が手配されていなかった。

ガゴーっと音を鳴らしながら、脱衣所の鏡の前で髪を乾かすシャーロットは、ただただ呆れていた。

わざわざ英国から魔術師を招いておきながら、警察庁はアジトの提供どころかホテルの一つも用意していなかったそうだ。ありえない、と言葉を零したのは魔術的な助言役だけではない。世界を飛び回って活躍するエージェントからしても、ありえない。

だが逆に、日本警察がそう云う事情に疎いことの現れでもあった。

「あの燈幻卿が、そんなミスするかしら……？」

と、シャーロットは呟く。到達するのは、一つの可能性。

「まさかミスを装って、ワタシたち二人を一緒に暮らさせる算段ってこと？」

そもそも『相棒』などと言い出したのは、他でもなく燈幻卿だ。何かしらの意図があってもおかしくはないと疑う。だが、跳ね除ける理由もなかった。なので、

「ふん、ふ〜ん♪」

鼻歌を歌いながら上機嫌のシャーロット。ドライヤーを切って洗面台の使いやすい場所に掛けながら、しかし意識はバスルームから響くシャワーの音に向く。お風呂は外から丸見えのスケスケ仕様ではないので中の様子までは窺えないが、たとえ曇りガラスだとしても細身のシルエットが体躯のボディソープを洗い流していることくらいは解る。

「ちゃっかり内側からロックをしているみたいだけど……」

「はい？　当然じゃないですか。あ、頼まれても絶対に開けませんから」

「密室を暴くことが得意でも、お風呂場の扉は外側からも鍵が開けられることを、きっとシャルちゃんは知らない」

「入ってきたら殺すんで、そのつもりで。あと、シャルネリアです」

「手厳しいわね。タオルと保湿クリーム置いておくから、ご自由に。ドライヤーも遠慮なく使ってどうぞ」

「……ありがとうございます」

そんなシャルネリアの、どこか悔しそうな声を聞きながら、シャーロットはリビングへと出てくる。間取りは２ＬＤＫ。テレビにソファにテーブル。一通り生活に必要なものは揃っているが整然として、まるで生活感はないマンションだった。

シャーロットが綺麗好きで、私生活の整理整頓をきちんとやっているタイプなら別に不自然ではないが、残念ながらそうではない。一人暮らしにしては大きな部屋、使った痕跡のないバルコニー。そして何か作業するには適した広さのリビング。

それが意味することは、ただ一つ。床暖房完備のフローリングの上をペタペタと裸足で歩きながら、着心地抜群のパジャマ姿でクローゼットの前へと歩みを進める。しかし今から外に出かけるために着替えるのではない。部屋に散乱していた物品を無理やり押し込んだので、収納から「ごちゃあ」と飛び出てこないかを心配した訳でもない。

観音開きのクローゼットの扉を、シャッターのように上に引き上げる。

奥から姿を現したのは、夥しい数の銃がストックされたガンラックだった。

拳銃やアサルトライフル、ショットガンが壁に掛けられ、優勝旗のように立て掛けられたバズーカやら短機関銃まで格納されている。

お気付きの通り、ここはシャーロットのアジトだった。

とんでもなく寒い十二月のコンクリートジャングルで一晩を明かさなければならないことが確定したシャルネリアを、シャーロットは自分にアジトに招いたのだ。

シャルネリアも最初こそ「何をされるか解ったもんじゃありませんよ!?」と拒絶反応を示していた。とは云え、他に行くあてもないのも事実。燈幻卿からの説得もあり、仕方なく受け入れたと云うのが現状だ。

実のところ、シャーロットは日本国内に幾つかのアジトを『組織』から提供されていて、このマンションはその中の一つでしかないのだが。

「ワタシたちは『相棒』なんだから、一緒に寝泊まりくらいしなきゃ、よね?」

相変わらず因果が逆転した謎理論。だが、シャーロット・有坂・アンダーソンは、目的の為ならば手段を問わないエージェント。そんな自分が大好きな十七歳の少女だった。

「さて、始めますか」と呟いて、手にしたのは回転式拳銃。

イタリア製の拳銃と云えばベレッタが有名だが、シャーロット愛用は違う。

マテバ社が開発した拳銃『モデロ6・ウニカ』。発砲時の反動を抑制するため、シリンダーの上部ではなく下部が銃身と連結し、弾倉の一番下に込められた弾を発射する独特な形状のオートマチック・リボルバーだった。

そんな特異な機構だからこそ扱いに慣れていなければ、特有のリコイルでむしろ制御が難しかったり、そもそも照準を定めることすら難しかったりするのだが、そんな気難しさがどこかの誰かさんみたいで愛着が湧いていた。

ソファに腰掛け、お手入れセットも並べて、まるでネイルにマニキュアを塗るようなテンションでウニカ拳銃を整備して暫く経過すると、ガチャリとバスルームへと続く脱衣所の扉が開け放たれる。

そして、シャルネリアは湯気を纏いながらパジャマ姿でリビングに現れた。

「シャワー、ありがとうございました」

「もういいの？　せっかく大きなバスルームだし、お湯にも浸かれば良いのに」

と、視線を上げたシャーロットの視界に飛び込んできた光景。

それは黒い猫耳フード付きのルームウェア。もこもこな生地で保温性能はもちろんのこと、きめ細やかな柔らか素材に身を包んだシャルネリアだった。当然の如く、ショートパンツ姿で純白の脚部は露わになっていた。

そんな彼女が放った言葉は、

「あいにくとジャパニーズ・温泉には疎いので。あと、猫舌なので」

可愛いの権化だった。ちょっと言っている意味が解らない。

ひょっとしたら、この英国人ハーフ。日本が世界に誇るジェットバスを目の前にして怖気付き、お風呂文化の知識不足も相俟って「猫舌だと熱い湯に入るのが苦手」なんて謎ロジックを構築してしまったのかもしれない。

一体どうして、なんだって猫舌なのが湯に浸からないことに繋がるのか、何度考えなおしてもシャーロットには意味不明の極み。なので、

「そう。猫舌なのね。残念」

考えることをやめた。受け入れようと思ったのだ。もしかしたらシャルネリアは、少しばかりのぼせているのかもしれない。だとしたら指摘するには野暮だし、敢えて理解した体裁で話を進めておくのが良いと優秀なエージェントは考えた。

「武器の手入れですか？」

と、猫耳パーカー＆ショートパンツな、極上の着心地で女子の心を鷲掴みにするルームウェアに身を包んだシャルネリアが隣に座ってきた。

シャーロットは頷きながら、その手に持ったクリーニングロッドを、くるりと回す。

「日課だから。アナタも『魔術』道具のメンテナンスとかするでしょ？」

「ボクの場合は、知識のアップデートですかね。読書が趣味です」

「あら意外。魔術師って、胡散臭い魔導書とかを読み漁って禁じられた秘術について調べまくっているようなイメージだったのに」

「いつの時代のオカルト・マニアですか、それ」

時代遅れですよ、とシャルネリアは肩をすくめてみせる。

それから、チラリと向けた視線の先は壁に掛けられたテレビだった。今ＳＮＳで話題沸騰中の観光スポット特集。つい先日、完成したばかりの水族館が映し出されて、シャルネリアの視線は釘付けとなる。が、画面の右上に表示されていた時計に気付いたのか、

「って、もうこんな時間じゃないですか。夕ご飯、食べませんか？」

「そうね。デリバリーでも頼む？　何た食べたいものがあれば遠慮なく……」

「ジャパニーズ・寿司と、デマエ・蕎麦には興味ありますが、質問です。せっかく立派なシステム・キッチンがあるのに、使われた痕跡が微塵もありませんでした」

「あー……」

「どうしてでしょう？」

「ワタシ、あまり料理は得意じゃないのよ。だから……」

手料理は振る舞えない、と言おうとしたシャーロットの言葉を遮って。

「何を勘違いしてんですか」と、シャルネリアは女神みたいなことを言った。

「もう作ってあります」

3

「おいしー！」

大きなテーブルに向かい合って座る、シャーロットとシャルネリア。

二人の前に並んだ数々の料理は、飢えたエージェントの胃袋をガッチリ掴む。もう虜になったも同然だった。

「もう何度目ですか？　料理くらいできて当然です」

「いやほら、だってイギリス人てメシマズって言うでしょ？」

「それは産業革命に明け暮れて、ご飯を時短で済ませてた時代の話です」

だいぶ失礼なことを言っているシャーロットだが、おそらく本人にその自覚はない。なのでシャルネリアも敢えて怒らず、もぐもぐ口を動かす。

「フィッシュ&チップス、ミートパイ。日曜日は豪勢にローストビーフを食べる食習慣だってありました。ご飯が美味しくないイメージも、卓上調味料で自分好みに味付けをしてから食べる食文化を知らない観光客が勝手に言っていることです」

「いやでも『素材の食感がなくなるまで茹でる』とか『とりあえず加熱殺菌』とか、しまいには『黒焦げになるまで油で揚げる』とか聞くけれど……」

もはや、料理と云うより食べるための作業だ。

そして模倣している訳でもないのに、何故かシャーロットが作った料理はイギリス風になってしまうのは内緒である。

「そう云う伝統的な手法を守っている人もいます、とだけ。胃を満たせれば、別に味なんて気にしない。食べてしまえば消えてなくなるものに時間と金をかけるのはドーバー海峡の向こう側のカエルを食う奴(やつ)ら、って妹も言っていましたから」

「……フランスのこと？」

「しばらくお世話になると思うので、ご飯の支度はボクがやりますね」

席を立ち上がるシャルネリアは、食べ終えた皿を重ねてキッチンの方へと向かった。

「食後のコーヒーとか、いります？」

「ありがとー、ブラックで。砂糖とかいらないわよ、お子ちゃまじゃないから」

「ブラックに大人っぽさを感じてる時点で……って、この家、ケトルないんですか？」

「ないわよ。あるわけないでしょ」

だって料理しないもん、とは格好が付かないので言わない。

「マグカップに水入れて電子レンジで加熱。以上」

コンロで湯を沸かす発想どころか、電子ケトルすら持っていない。

そんなシャーロットの言葉に苦笑を浮かべたシャルネリアの真意を、この直後に知ることになる。シャルネリアがキッチンに向かって、三十秒くらいが経過した途端。

ズガン、と変な爆発音が聞こえた。

「……爆発音？」なんでキッチンから爆発音がした？

そう思い振り返ったシャーロットと目があったシャルネリアが、言った。

「電子レンジは敵です」新品の電子レンジが黒煙を上げて、ひっくり返っていた。

どんな使い方をしたのか意味不明のレベルを極めているが、しかしシャルネリアの態度は至って真面目。わざと壊したのではなく、大真面目に使おうとして、その結果がこれだと云うことを証明してしまっている。

シャーロットも察した。こう云うときは冴えている、そんな自分が大好きだ。

「おっけ、大丈夫？　怪我ない？」

「ぼ、ボクは！　カップに水を入れて、レンジに入れて、つまみを捻っただけです！」

「もし本当にそうなら、電子レンジは爆発しないわ」

「いや、ホントなんですって！」

信じてください！　と言われても、ちょっと無理がある。もちろん、シャルネリアが故意に破壊した訳ではないことを重々承知しているが、これはきっとアレだ。たぶんＩＴ音痴あるあるのアレだ、とシャーロットも腕を組んで頷く。

そして、その言葉が放たれる。

「何もしてないのに壊れたんです！」

もう確定だった。故意でないにしろ絶対に何かしらの致命的なミスを犯した。

でも、それが致命的なミスであることに、やらかした本人は気付いていないパターンの典型だろう。度重なる警告文を無視して読み飛ばし、パソコンのOSファイルを手動でゴミ箱に移動させたくせに、その魔法の言葉を放ってくる人種なのだ。

だってシャルネリアと云う少女は、魔法使いだから。

「科学技術の発展が、探偵を駆逐したんです！」と叫ぶ。

「科学的な捜査、DNA鑑定が探偵をオワコンにしました！」と叫ぶ。

「科学の発展が都市計画を複雑化させ、街を迷いやすく改造したんです！」と叫ぶ。

いや、最後に至っては八つ当たりってやつじゃないか？　と思わなくもないシャーロットだったが、ここで余計な口を挟むと余計にややこしくなるのは明らか。

なので、にっこり笑みを浮かべて聴くに徹する。

その日の夜、コーヒーを飲むのは諦めた。

4

『貴様、「仲間」は作らない主義じゃなかったのか？』

「シャルネリアは『相棒』よ」

インカム越しに聞こえてくる燈幻卿（とうげんきょう）の言葉に、シャーロットは平然と答える。

夜。時計の針が十二時を示したと同時に「もう寝ます」とか言い出したシャルネリアの正気を疑いながらも、シャーロットはベッドルームへと彼女を案内した。だが、予備の寝袋をクローゼットから引っ張り出している間に、事件が起こった。

なんと、シャーロットのベッドで寝落ちしていたのだ。

「しかもド真ん中！　ワタシの寝るスペースまったくなしとか信じられる!?」

頭を抱えてインカムに向かって叫ぶ。リビングで叫ぶとシャルネリアを起こしてしまうかもしれないので、バルコニーに出てきてガタガタ震えながら文句を垂れている。

「十二時になると頭が良い魔法が解けちゃう、とか!?」

『…………』

表情を見なくても解る。ナニイッテンダ、と燈幻卿は絶句しているのだろう。

『なんなんだ貴様。喧嘩中のバカップルみたいな愚痴を垂れ流すな。コレ、私の超能力で鉄壁のセキュリティと化した警察庁の秘匿回線だぞ』

「だって！」

『だってもへチマもない』

「あるわよ、へチマ。食べたことないけど」

『そう云う意味じゃねえだろうが！』

叫び声のあと、こほんと咳払いがインカムから聞こえた。

『……今日は御苦労だったな』

「前置きは良いわ。そう云う形式っぽいこと嫌いだから。御用件は？」

『私なりのお礼のつもりなんだが。感想を訊かせてくれ。魔女と恐れられているシャルネリアと一緒に捜査をしてみて……貴様は夢を叶えられそうか？』

「どう云う意味よ」

『貴様、あの死んだ《名探偵》の弟子として、その遺志を継ぐんだろ？』

「だから？」

『何か思うところはなかったか？　と云う、ありふれた質問だ。一応、貴様ら二人を引き合わせたのは私だからな。今後の人事の参考に少し話を聞かせてもらおうと思った。ただそれだけのことさ』

「あなたがシャルネリアに仕掛けた盗聴器が壊れたから、の間違いでしょ？」

『……、』

「都合が悪くなると、お得意のダンマリ？　さっきシャワーを浴びてもらっている間に帽子のリボンの中から見つけたわ。機械音痴のシャルネリアなら気付かないと踏んでいたのかもしれないけど、甘いわね。私がなんのために、このクソ寒い中を我慢して、部屋の中のインターネット機器を全部バルコニーに撤去したと思ってんのよ」

『貴様のそう云う、バカのくせに鋭いところが本当に嫌いだよ。私は』

「バカは余計よ。ちゃんと私だって風邪を引くんだから。訂正しなさい燈幻卿」

『戦闘の腕は確かだけど、その実とんでもなく頭が悪い』

まるで何かの会話記録を読み上げるような、借りてきた言葉を放つ燈幻卿。

その言葉は、ただの一文でしかないが、それでもシャーロットにとっては重大な意味が込められた大切な台詞だった。

だって、その言葉をシャーロットにかけてくれたのは、

『おい。言ってくれないのか？　素っ頓狂な声色で「なんですと!?」と』

「……アナタがどうして、あの日の会話を。返答次第じゃ流石に本気で怒るわよ？」

『そう怒気を込めるなよ。貴様が憧れた《名探偵》、コードネーム：シエスタ。彼女が消息を絶った日に、貴様と交わした会話記録くらい調べて当然だろ。なんせ私は、私の命を救ってくれたエージェントの夢を叶える手伝いをしたいのだから』

「それが、シャルネリアとワタシを組ませた理由？」

『貴様は《名探偵の弟子》を自称しているが、本当に成れるのか？　ただの探偵ではなく目指しているのはあの《名探偵》なんだろ？　成し遂げられる自信があるなら、確かに私のしていることは大きなお世話だが』

「ワタシを《名探偵》にしてくれるの？　ありがと。で、その目的は？」

『最初に言っただろ。人の話はちゃんと聞け。コレは私なりのお礼だ。シャーロット・有坂(ありさか)・アンダーソン。貴様を《名探偵》にしてやるよ。だから私も、彼女が最期に貴様へ遺(のこ)した言葉を贈ろうか』

そして燈幻卿は全知全能の存在のような声色で、告げた。

『君たち、二人で仲良くするんだよ――これからもずっと』

5

「これはデートですか？」

露骨に不機嫌そうな表情を浮かべるシャルネリア。

当然と言えば当然だった。いきなり叩(たた)き起こされたかと思えば「一緒に来て欲しいところがある」と告げられ、到着したのが複合型海洋レジャー施設なのだから。

一言で言えば、意味が解(わか)らなかった。

「遊びに行くなら、ついてこなかったのに……」

「まぁまぁ、そんなこと言わないで。昨日(きのう)、夕ご飯を食べているとき、流れていたテレビCMに目を奪われていたでしょ？　事件も無事に解決したんだし、この調子で頑張ってほしいから、今日は気晴らしだと思って。ね？」

「ね？　じゃないですよ。まったく良くないです」

眠そうな目を擦りながら、シャルネリアは文句を垂れる。

「ボクは新しい事件が発生したのだと思ってたのに、まさか水族館だなんて……」

滑走路を横に幾つも並べられる広大な敷地に、遊園地やショッピングモールを建設しているが、この人工島最大のセールスポイントは水族館。地上部分の建屋も立派で、イルカショーなどが楽しめる巨大プールや、屋外エリアでカワウソとの触れ合い体験などができるスペースもあるが、その真髄は地下——と云うより、海中。

人工島の真下に建設された、海底に向かって伸びる逆さの塔のような建造物。

頭上全面を覆うチューブ型の水槽や、映画のスクリーンよりも広い超巨大スケールの大水槽などを収容し、水族館としての非常に人気が高い。

中でも目を見張るのは、今、シャルネリアの眼前に広がる光景だった。

人工島を覆うように設計された人工の入江。海水や生物が自由に出入りし、大自然の光景をそのまま切り抜いたかのような一つの大きな海洋水槽。つまり三百六十度パノラマ夜景を満喫できる展望レストランのような感覚で、魚群のパフォーマンスを楽しめる。

まさに海中に浮かぶ水族館の超人気看板スポット。

だが、

「シャーロットさん？　あれっ？」

周囲を見渡しても、どこにも姿が見当たらない。

「シャーロットさんが迷子になった⁉」

6

「シャルちゃーん……」

と、困惑するのは、シャーロットだった。保護者は大変だ、と心底思った。

「…………どこ行ったのよ……？」

ダウナー系な雰囲気に完全に騙（だま）されたが、なんとシャルネリア。

目についたものに向かって突撃してしまう習性があるらしく、次々と気移りを起こしてはジグザグに人混みを突き進んでしまう。

誰かと一緒に観光地を巡るルールと云うものを知らないらしい。

だから当然の如（ごと）く、逸（はぐ）れてしまった。

その時。ピンポンパンポーン、と。館内放送。お決まりのイントロが鳴って、シャーロットは一瞬、嫌な予感を思い浮かべてしまう。いや、まさか……と否定しつつも絶対にない、とは言い切れない。だって相手は、あのシャルネリアだ。

自分の方ではなく、シャーロットが迷子になった、と。

そんな意味不明なマイルールを言い張り、施設のお姉さんに苦笑を浮かべられながら迷子のお知らせをしてもらっている、なんて光景も目に浮かぶ。

どうか違っていてくれ、と。そんな願いとは裏腹に。

しかし、予想外の言葉が仄暗い館内に響いた。

『お客様の中に、探偵の方はいらっしゃいませんか？』

水族館は海洋の中。水深、二百メートルなので燈幻卿にも連絡が取れない。

「……、」

シャーロットは警戒していた。

どうして、その文言が海中に沈められた水族館の中に響いたのか。

まったく理解できなかった。それは三年半前、かの《名探偵》が助手と出会ったハイジャック事件で機内に響いた文言そのもの。

一体誰が？　とシャーロットの表情も険しくなる。

『繰り返します。お客様の中に、探偵の方はいらっしゃいませんか？』

『いらっしゃいましたら、海洋水族館、最深階・展望エリアへお越し下さいませ』

『お連れ様がお待ちです』

さっきから、何度も何度も同じ文言が壊れたように流れ続けている。

「あのハイジャック事件は、誰も覚えていないはず……」

空港に駆けつけた『組織』のエージェントによって、民間の乗客や乗務員の記憶は消したはずだ。そうでなければ今頃、このＳＮＳが異様に発達して誰もが情報発信者になりうるネットの時代に、機内で発生したあの事件のことを隠し通せない。

つまり、このアナウンスは明らかに罠だった。

シャルネリアや燈幻卿の悪戯にしては、流石に悪趣味で度が過ぎている。

シャーロットにとって、かの《名探偵》が挑んで解決した事件と云うのが、どれほど重要な意味を持っているかなど、二人の関係性を知る者なら推し量れて当然だ。

海洋水族館の中心部、シャフトのようなエレベーターに乗り込みながら、行き先ボタンは最深階を押す。一緒に乗り合わせたお客さんはいなかったので、シャーロットも露骨に怒気を現して、絞り出すような声で呟く。

「誰がこんなことを？」

思考は、その一点に集約される。ポーチの中から愛用のウニカ拳銃を取り出し、羽織った赤いケープコートで隠しながら先を急ぐ。安全装置は外して、引き金にも指をかけ、いつでも発砲できる体制を整えていた。

到着したのは、お連れ様がお待ちと言われた深海展望エリア。

青く仄かに薄暗い空間だった。エレベーターから出ると、フロアそのものがゆっくりと回転していることが解る。まるでリボルバー拳銃の回転式弾倉のように、エレベーターホールを取り囲むようなドーナッツ状の施設が回っているのだ。

床も壁も天井も全面ガラス張り。広さは、ざっと体育館よりも大きい。平坦ではなく、入り組んだ迷路のように立体的な通路。強度の問題か、大枠だったり柱だったりは鉄製だが、全方位海洋パノラマと言っても差し支えないだろう。

色鮮やかな発光ダイオードや、操縦可能なサーチライト付き海中望遠鏡、海水温や海流や施設内気圧を示す計器類などがハイセンスに配置されていることで、まるで外壁が透明な潜水艦の中にいるような感覚に囚われる。

「こんな状況じゃなければ、存分に楽しめたでしょうに」

と、溜め息を吐くシャーロットは、完全にエージェントの声色だった。

気付かなかっただけで、立ち入り禁止の立て札があったのか、はたまた今日は貸切なのか、或いは人払いの『魔術』なのか。不自然なほど、その三六〇度海中が一望できるフロアは静まり返っていた。

深海展望台の特等席には、人影があった。

水深二百メートルの世界に囲まれた、銀色に煌めく魚群を背景にして。

やっぱり予想通りの人物が、ひどく不機嫌そうな表情を浮かべて立っていた。

「……シャ、シャルネ、リ、ア」

「シャーロットさん。これは一体、どう云うことでしょうか？」

「どうやら、その表情。アナタの仕業ではないようね？」

「当たり前じゃないですか。誰がこんなことを」

シャルネリアは、頭の上に載せた魔女っ娘帽子を落とさないように、手で軽く押さえながら周囲を見回す。視界に入るのは、絶景としか表現しようのない水深世界。

次の瞬間。

ズッガァアアアン！　と、炸裂音と激しい横揺れが施設全体を襲う。

「そんな、まさか……っ!?」

透明な強化ガラス製の天井を見上げ、海中に沈んだ逆さの塔を見上げるシャルネリアの目に飛び込んできたのは、構造物の一部から大量の空気が泡となって噴き上がっている地獄のような光景だった。

どうやら、ちょうど中間地点。確かペンギンたちが住んでいた水槽があった階層。

その記憶が正しいことを示すかのように、大群となったペンギンたちが魚雷のように破損した大穴から海中へと飛び出していく。

「解らないけど、どうやらヤバいみたいね……」

シャーロットの視線は、大量に並べられた計器類へと向けられる。

さっきチラッと見た限り、これらはイミテーションではなく実データを反映させているらしい。だからこそ知るべき情報は、着衣状態で十二月の海、それも水深二百メートル地点に投げ出されれば、どうなってしまうのか。

「海水温、十二度」――直ちに低体温症を引き起こす可能性は低い。

「周辺海流、一立方メートル毎秒以下」――どこかに流されて水難する可能性も低い。

「施設内気圧、二十気圧」――これが心配だった。パンフレットには、施設内の気圧を外部の水圧と同等に調整することで、施設を安全に運用していることが書かれていた。

つまり、逆に言えば。施設内の気圧を調整する機械が故障すれば。

この展望フロアは水圧に潰されてしまう。もし仮にシャーロットが逆の立場なら、ターゲットを海の藻屑にしようと考えていたら。行うべきは、

「展望フロアに閉じ込めた状態で、施設内の気圧を制御する装置の破壊」

ポケットの中に折りたたんでいたパンフレットを広げて、確信する。水深二百メートルの水圧は二十気圧相当、と記載されていた知識も叩き込んでおく。きっと小学生向けに書かれた文言だが、今、この瞬間、その簡素さが確実にエージェントを助けた。

「脱出するわよ！」

「珍しく意見が一致しましたね、シャーロットさん」

　二人は中央のエレベーターに向かって走る。だが、呼び出しボタンを押しても無反応。非常階段に通じる扉も、さっきの衝撃で電気系統がイカれてしまったのか、電子ロックがびくともしない。完全に閉じ込められてしまった状況だった。

「ったく。これだから科学は……」

　などと悪態を吐いているシャルネリアに対して、

「どうやら他の手段を考えるべきね。なんか魔術でテレポートとかできないの？」

「いや、あのですね……」

　と、シャルネリアは考え込む。どう説明しようか、と悩んでいる様子だった。相手は『魔術』を知らないド素人だ。しかも信じ難いほどのバカ。しばらく考えた上で、魔術的知識のアドバイザーは、小学生でも解るように心がけて説明を始めた。

「ボクたちの『魔術』って、奇跡を人為的に引き起こすための学問なんです」

「まぁ、なんとなくは解るかも？」

「たとえば喉が渇いて、紅茶が飲みたいと思ったら。葉を育てて収穫し、摘んだ葉を酸化させて高温で乾燥。ベルガモットの香りを加えたら茶葉が完成。新鮮な水を汲んで、ケトルで湯を沸かして、蒸らして三分。これでアールグレイが飲めます」

「つまり？」

「紅茶が飲みたいと思っても、アールグレイを飲むのに五年ほどかかります」

でも『魔術』は違う、とシャルネリアは続ける。

「ケトルで湯を沸かすだけ。ティーバッグを蒸らす三分しかかかりません」

「ティーバッグが『魔術』ってこと？」

「そうです。時間と手間暇、そして知識や経験を省略しただけ。できることとできないことは、本人の技量に左右されます」

「…………つまり、シャルちゃんにはテレポートはできないと？」

「できないんじゃなくて、やり方を知らないだけです」

「いや、それできないって言うじゃゃん」

「違いますから」

キッパリと言い放つシャルネリア。

どうやら「できない」と言うのが悔しいお年頃らしい。

「じゃあ『魔術』では脱出不可能ってことね」

あっさり言い放つシャーロットに、悔しそうな表情を見せるシャルネリアだったが、どうやら図星のようで「うぐっ」と苦しそうな声で呻ぐだけ。誤魔化すようにエレベーターの扉を抉じ開けようと、戸と戸の間に指を突っ込もうと力を入れる。だが、そんなことをしても電子制御されているのだから開く訳もなく。

「びくともしませんね……」

「どうやら閉じ込められてしまったみたいね。この水深二百メートルの海中水族館に」

「標的はボクたちですか？　でもどうして……」

「ワタシたちが『組織』所属のエージェントと助言役（アドバイザー）だから？　ま、そんなことはこんな馬鹿げた事件を起こした犯人を捕まえて訊（き）くわよ」

「そうですね、警察庁には優秀なテレポーターがいるらしいじゃないですか。きっと座標さえ伝えれば助けに来てくれると思うので。この密室からの脱出はシャーロットさんに任せても良いですか？　その間にボクは、犯人に繋（つな）がる手掛かりを探しておきます」

「一緒に来ないの？」

「ボクがついていっても、足を引っ張るだけなので」

ここから先は暫（しばら）く別行動。エージェントは『相棒』を救出するために、海中に沈んだ水族館から脱出しなければならない。

「解（わか）った。絶対に助けを呼んでくるから、待っててね？」

7

ガゴン、と。大きな音がエレベーターシャフト内に響く。

強引に抉じ開けた扉から、エージェントが近くの鉄骨に飛び移った音だった。

案の定と云（い）うか、残念ながらと云うべきか。エレベーターシャフト内も既に浸水が始まっていた。轟々と音を立てながら、上層階から滝のように降ってくる海水。排水機構なんて最初から存在しないのか、どんどん水が溜まっていく。

「このままだと、海水の重みでシャフトが折れるわね……」

船舶や潜水艦が、正規の手順でバラスト水を取り入れるのとは訳が違う。

本来なら浸水するはずのない区画に注水が続けば、海中水族館は自重に耐えきれず、ひしゃげて海底へと沈んでしまうだろう。運動音痴のシャルネリアを連れて、足場が悪くなった梯子を登っている余裕はない。

現に、海中展望フロアの扉のすぐ下まで海水が達していた。

もう遠くない未来に、シャルネリアを残してきた展望フロアに流れ込み始める。

まともに梯子を二百メートルも登り続けていては間に合わない。そんなことは明白だった。だからこそ、パシュン、パシュンパシュン！　と、シャーロットの体躯がエレベーターシャフト内を急上昇する。

稼働するエレベーターのロープに捕まっている訳ではない。

袖口に仕込んだワイヤーを射出しては梯子に引っ掛け、壁を蹴って高速で巻き取り、次の突起物へとワイヤーを射出する所作を繰り返す。もしも燈幻卿が眺めていれば、まるでゲームの主人公のような動きだと称していただろう。

当然、あのシャルネリアがついてこられる芸当ではなかった。

目にも止まらぬ速さでシャフト内を駆け上がり、およそ全体の中間地点。つまり浸水が起こったフロア付近まで到達してシャーロットの口元が緩む。

「超余裕よ」

と、口を滑らせたのが悪かったのかもしれない。轟く水音に紛れて、微かに短く電子音が聞こえたような気がした、そのとき。

ガシャン、と炸裂音が響いた。

嫌な予感がシャーロットの全身を駆け巡る。

信じ難いことに、少し上方で停車していたエレベーターが落下してきた。

落下する鉄の塊に激突すれば無事では済まない。ハンマーを叩き付けられるかの如き激痛に加え、百メートル近く落下して水面へと叩き落とされることを意味するからだ。

二十メートル以上の高さから水面に落ちれば、コンクリートに激突するのと同じくらいの硬さ。エレベーターとの間に挟まれれば、どんな幸運の持ち主でも死は免れない。冗談抜きで即死だろう。

しかもシャーロットはワイヤーアクションで滞空中。

アンカーを撃ち込んだ一点へと向かう直線的な動きしかできず、今さら引き返すことも退避行動も取れない。ワイヤーを巻き取る速さより、落下してくる鉄の塊の方が遥かに疾く、それは即ち正面衝突を意味する。

「あ、やば」

シャーロットの口から零(こぼ)れる悲鳴。

見開いた眼前に迫る鉄の塊は、鉄槌(てっつい)の如(ごと)く急降下する。

もはや誰もが直撃を確信するような状況。だが、それでもシャーロットは諦めない。こんな場所で人知れず死んでいられるほど、彼女は暇ではないのだから。

閃光(せんこう)と共に銃声がシャフト内を駆け上がった。同時。ふわりとシャーロットの体躯(たいく)が空中に浮かぶ。まるで反重力装置でも作動したかのような光景だった。黄金の髪や真っ赤なケープコートが天使の翼の如く広がる。

やったことは、至極単純。

自らが射出したアンカーと繋(つな)がったワイヤーを拳銃で撃ち抜いた。

このまま射出したアンカーに向かって突き進めば直撃と予期したエージェントは、足場なんて概念がない不安定な空中で愛用のウニカ拳銃を構えると、大量の水飛沫(みずしぶき)が滅茶苦茶(めちゃくちゃ)に飛び散るシャフト内で直径三ミリに満たないワイヤーを撃ち抜いたのだ。

その早撃ちはさることながら、精密射撃はバケモノ級。

加えて、新たなワイヤーを射出して、エレベーターとの接触を避けられる空間へと間一髪で逃げ込む回避技も披露する。ゴォウッ、と頬(ほお)を擦(こす)りそうな距離で鉄の塊が通過していくのをシャーロットは目で見送ると、涼しげな表情で言った。

「今の流石にヤバかったわね」

『怪物だな、貴様は』

酷いノイズ混じりだが、館内放送用のスピーカーから声が響く。

千切れたワイヤーを左の袖口から引っこ抜きながら、苦笑を浮かべるエージェントは地道に梯子を登りながら、声の主——燈幻卿に応じる。

「こっちの状況を把握してるってことね？」

『私が電子情報戦に特化した超能力者だと忘れたのか？　特殊能力を使えば世界中の監視カメラを覗き見ることだってできる。オフラインだろうがネットワークに接続されていなかろうが、私にとってレンズは我が眼、マイクは我が耳、スピーカーは我が口だ』

個人が携帯電話を持ち歩く現代に於いて、燈幻卿に死角は存在しない。

情報収集能力の高さ故に、警察庁の異能犯罪対策室の室長を務めている訳である。

だが、それが如何に恐ろしい超能力なのかは、シャーロットは特に考えない。きっと自分では想像もできないようなことができてしまうのだろうが、考えても解らないことは「きっぱり諦めて考えない」のは、シャーロットの長所でもあった。

「テレポーターを手配しなさい。いるでしょ、アナタを『完全なる密室』から救い出した成層圏まで射程範囲に収めた超能力者だか、魔術師だかが」

『早急に手配しよう。海中の密室に沈んだ貴様の「相棒」を助ける為にな』

「ありがと。で、犯人について警察庁は何も掴んでいないの？」

『捜査中だ。気になるのは館内放送された文言だな』

「えぇ……」と首肯して、その言葉を口に出す。

「お客様の中に、探偵の方はいらっしゃいませんか？」


聞き間違えるはずがない。文言は、三年半前のハイジャック事件のアナウンスだ。

この後に及んで、まさか本当に館内で解いて欲しい事件が発生したなんて説を唱えられるほど、シャーロットも能天気ではない。考えられる可能性は、

「ワタシを……《名探偵》の遺志を継ごうとしたワタシに対する挑戦？」

『そう決めるのは些か早計だな。狙われたのは『魔装探偵』の方かもしれん。彼女も事件でやらかしたとは云え、あの優秀な探偵役の後継者だ』

「あの探偵……？」

『なんだ、もしかして聞いていないのか？　奴の妹に何があったのか』

「あぁ、それなら――」

言いたくなさそうだったので詳しく聞いていない、と。そうシャーロットが告げるよりも早く、燈幻卿の声がインカム内から伝わった。

『次の《名探偵》になるはずだった妹を殺したんだよ、シャルネリアは』

「……え？」

耳を疑うのも束の間。梯子を登り続けていたシャーロットの背後で音がした。

ピーッ、と。背後の壁に張り付いた何かが、電子音を奏でたことに驚いて振り向いたと同時。恐ろしい爆炎が華開く。豪雨のような海水の飛沫が舞い散る狭いシャフトの中で、酸素を貪るようにオレンジ色の光が柱となって燃え広がった。

咄嗟に開いた防楯、予備の弾倉やら武器が入ったポーチから引き抜いた折り畳み傘のおかげで火炎の直撃こそ免れたが、至近距離から受けた衝撃波は全身をシェイクする。非殺傷のスタングレネードなんか比べ物にならない。平衡感覚は一撃で奪われ、自分が目指すべき地上がどこにあるのか理解できなくなってしまう。

そして、妙に周囲が明るいことに気付く。

「……海が、光っている？」

意識が朦朧とする中、シャーロットはシャフト内を落下していた。

数秒後には、頭から真っ逆さまで水面に叩き付けられるか。或いは先行して落下中のエレベーターへと全身を打ち付けるかの二択。爆発で新たに空いた横穴から極太の蛇のような海水がシャフト内に注水され、渦を巻いて水面上昇の速度は加速度的に増していく。

『悪い知らせと最悪の知らせだ。どちらから聞きたい？』

さらなる燈幻卿(とうげんきょう)の声がシャーロットの心を折る。もはや為(な)す術(すべ)はなかった。

『首都全域に大規模魔術テロの兆しを察知した』

「それで……悪い知らせは？」

『今のが悪い知らせだ』

「……、」

『海底二百メートルに沈んだ海中水族館。そこが魔術の発生根源だ』

「ちょっと待って。あそこには、ワタシとシャルネリアしかいなかった」

『あぁ、そして貴様は脱出して、シャルネリアが独り囚(とら)われたままの施設から魔術が放たれた。つまり。それが意味することは……沈みゆく施設からの脱出手段を確保するために貴様を地上に向かわせたのではないことくらい、察しが付くだろう』

いや待て、おかしいと。シャーロットは口を開きそうになったが、言葉に詰まる。

ここの水族館に来ることを決めたのは、紛(まぎ)れもなくシャーロットだ。だが、前日の夜に、テレビ特集を見て行きたそうにしていたのは……誰だ？

その真実に到達してしまったから。

シャーロットはただ、事件を解きたい。その一心だけで、会心の一撃を放つ。

何故なら――探偵はもう、死んでいる。だが、だからこそ、

「ワタシは、遺志を継ぐ《名探偵の弟子》……こんなところで死んでたまるかあッ！」

絶対に《名探偵》の遺志は、死なせない。

その気合いだけで、優秀なエージェントは意識を再覚醒させた。

目を見開き状況を把握する。どう考えても絶望的だが、絶対に死ぬ訳にはいかない。

爆弾の炸裂による恐ろしい初速で落下中のシャーロットは、その落下速度を維持したまま空中で体勢を立て直し、落下中のエレベーターへと着地を果たす。それだけで信じられないダメージが全身を駆け巡る訳だが、そこで再び跳躍。

再びシャフト内に浮かび上がったシャーロットの体躯を掻っ攫ったのは、シャフト内を高速で上昇する釣り合い錘。落下するエレベーターと主ロープで繋がったそれは、つまり地上階まで運んでくれる鉄の塊だった。

エレベーターが落下すればするほど、釣り合い錘は上昇。通常ならエレベーターのカゴも錘も、電子制御された滑車で動きを管理されている。だが状況を考えるに、完全に暴走したカゴはシャフト内に溜まった水中へと沈み続けて止まる様子を見せない。

つまりこのままだと、シャーロットが錘ごとシャフト上部の機関室に激突。

だが、そんな程度のことで動じない。海中二百メートルの密室から脱出を果たしたエージェントにとって、もはや目を瞑ってもノーミスでクリアできるボーナス・ステージにも等しかった。

愛用の独特な形状をしたウニカ拳銃を構えて、迫る地上階の扉に発砲を繰り返す。機関室に突っ込む寸前で、錘から大ジャンプを敢行したエージェントは、黄金の髪を天使の翼のように広げて。

そして。撃ち抜いた扉を蹴り開けて、地上への生還を果た——せなかった。

不自然に周囲が明るくなり続けていた海が、爆発的な閃光を放ちシャーロットの視界を圧倒的な白で塗りつぶしてしまった。

エージェントは、落下。翼を失った天使の如く墜落する。

シャーロットの耳に届くのは、連続した言葉の羅列でしかなかった。

『そもそも、おかしいんだ。使えるはずだぞ、奴もテレポートが』

『すべては貴様を海底から追い払うための陽動作戦』

『まんまと我々は騙されたようだな』

『今回の事件の犯人——魔術テロの首謀者は、シャルネリアだ』

幕間（まくあい）　『誰にも見つかってはいけない証拠（シュラウド）』

『もう手紙は読んでくれたかい？　シャーロット』
『キミは拒むかもだけど、最期くらいボクに花を持たせてよ』
『優秀な妹（キミ）が死んで、出来損ないの姉（ボク）が生き残っていると思い込ませること。それこそが《探偵殺し》を討ち滅ぼす「偽りの真実」だ』

　暗い部屋に、少女の声が響き渡る。それはモニターの中の少女の声だった。

　ふわりと広がる、ミルクティのような茶髪のボブカット。まるでトレードマークと言わんばかりの、魔女のような尖（とが）った帽子。

『さようなら、シャーロット。キミとボクとで世界を欺こう』

　画面を眺めていた、チャイナロリータの少女――どんな秘密でも暴く超能力者が嗤（わら）う。

　その手元のタブレットに映し出されていたのは『最期の手紙』と銘打たれた、誰がどう見てもシャーロットと云う名の少女に宛てられた動画だった。

　アクアマリンの瞳は見抜いていた。無慈悲なまでに完璧に、言い当ててしまう。

　ひとりの少女が命を賭してまで仕掛けた最終ギミックを。

「魔術的な人格入れ替えトリック――偽者（シャルネリア）が死んだだけ。探偵（シャーロット）はまだ、生きている」

最終章　誰も信じない『真相』よりも、万人が信じる『真実』を捏造する探偵役。

1

「ほら、いい加減に泣き止みなよ」

声がしたので顔を上げると、そこにはシエスタがいた。

何が起こっているのかシャーロットには、微塵も理解ができなかった。

「いなくならないでください。マーム」

じっと目を見つめ、それ以降に言葉が続かず黙ってしまう。碧眼が涙で滲み、研磨されたばかりのエメラルドのように輝く。

「あんなお別れの仕方、ワタシはまだ納得していません」

しかしシエスタは「大袈裟だなぁ」と、真面目に取り合わない。何故ならば、

「今日は任務じゃなくて趣味でしょ？」

ショッピングモールのド真ん中で、二人の少女は向かい合っていた。

青春を必死に生きる女子高生たちならば、おそらく一日かけて巡っても回り切れないほど魅力的なテナントが幾つも立ち並ぶ屋内型の商業施設。シャーロットとシエスタは楽しそうな歓声の上がる往来の中で、死に別れの寸劇をしていた訳である。

ベンチに座ったシャーロットは、今にも風船みたいにどこかへ行ってしまいそうなシエ

スタを見上げて、煽るように言う。

「迷子になっちゃったかと思いました！」

「それはシャルが、余所見をしていたのが悪い」

「違いますー。ふと気付くとマームが視界から消えてるのがいけないんですー」

まるで親子の喧嘩だった。文句を言って口を尖らせるシャーロット。手慣れた様子で宥めて、軽く受け流すシエスタ。こんな日々がいつまでも続くと、信じて疑わなかった探偵と弟子の会話。だからこそ、またいつだって喧嘩も仲直りもすぐにできる彼女たちは、顔を見合わせて可笑しそうに笑い合う。

「さて、服を探すんだったよね？」と、問うのはシエスタ。

「はいっ！　任務成功のご褒美に、マームとペアルックがしたいって言ったら『面白そうだから』って言ってくれましたよね？　いまさら恥ずかしくなったからって、すっとぼけても無駄ですよ！　こっちには録音があるんですからっ！」

ドヤ顔で、シャーロットがボイスレコーダーを掲げた途端。

『オ客様ノ中ニ、探偵ノ方ハイラッシャイマセンカ？　コノ施設ニ爆弾ヲ仕掛ケタ』

入道雲が立ち上る空に響く機械音声を耳にして、沈黙する二人。

「あー、シャル？　なんて云うか……タイミング悪いよね、君はいつも」

遠慮がちに尋ねるシエスタにシャーロットは答えない。あまりの恥ずかしさに、肩が小刻みに震えているだけ。

この後に起こることを《名探偵》は、予定調和として知っていた。

ドッカーン、と阿呆みたいな音が鳴り響く。

「どこのどいつよ！」

シャーロットは涙眼だった。

ペアルックスの服を探している場合ではなくなってしまった。

「これで趣味じゃなくて、任務になっちゃったね。埋め合わせは今度してあげるから。取り敢えず仕事を手伝ってくれる？　シャル」

「約束ですからね、絶対ですからね!?」

「うん。約束。必ず守るよ」

その一言を聞いて、満足そうに笑ったシャーロットは、

「これは、夢ね」その瞬間、弛緩した表情を浮かべて眩しそうに目を細める。

「私とデートできて夢みたいってこと？　光栄だね」

「そういうことではなく」

くるり、と。シャーロットは振り向く。

ふわりと広がる赤いスカート。リボンが結んである白いブラウス。六月の太陽に照らされて、肩や太ももが真珠のように光を帯びる体躯(たいく)を彩る——素敵な夏服。シャーロットは引き抜いた銃口とともに意味深な視線をシエスタへと向けて、

「だって、マームがワタシと同じ格好をしているから。ここは白昼夢でしょ？」

銃を向けられることを予想していたかのように。

シエスタもまた、白銀の古びたマスケット銃を構えていた。

対するシャーロットが構えるのは、漆黒の近未来的なデザインをした短機関銃(CZ Scorpion EVO 3 A1)。

その差は歴然だった。一発ごとに再装填(そうてん)が必要となるフリントロック式と、一・六秒で三十発もの弾丸を吐き出すサブマシンガン。

集団による斉射を前提とした、長い銃身のせいで取り回しが悪い骨董品(こっとうひん)では、人間工学に基づき洗練され、機能性と拡張性を備えた最新鋭の武器に敵(かな)うはずがない。どちらが向かい合った至近距離での銃撃戦に適しているかなど火を見るよりも明らかだった。

だが、シエスタの表情に焦りの様子はなく、悠然と相棒を構えていた。

むしろ圧倒的有利なシャーロットの方に焦りの色が窺(うかが)える。

「なんでこんな真似(まね)を？」

と、切り出したのはシャーロットの方だった。

「これは半年前の光景。マームが命を落とす一週間前の光景の再現ですよね？」

その理由を問われて珍しくシエスタは言葉を詰まらせてしまう。秒針すら止まってしまった音なき白昼夢の世界で永遠にも思える時間が過ぎて、

「約束。守れなかったから——ごめん」

短い言葉だった。

だが、それだけで十分だった。

シャーロットには、あまりに重要な意味を持つ三文字だった。

赦すとか、赦さないとか、そんな次元の話ではない。シャーロットとシエスタは、互いの言葉を大切に心に落とし込む。どんなに言葉を重ねたところで、過去は覆らない。世界はシエスタという《名探偵》を失い、その唯一の弟子は独りでぽつんと残された。

だって——探偵はもう、死んでいる。

その言葉だけが横たわっていた。

これは二人ぼっちの白昼夢。

だから。

「ワタシが《名探偵》の遺志を継ぐ。そう決めたから」

「なれないよ、君は。今のままじゃ永遠に——たった独りで何ができるの？」

煽った。シエスタが致命的な言葉を放ち、それで感情が決壊した。

「ワ、タ、シを独り残して先に死んじゃったのは、誰よッ!?」


半年前、あの六月の日から、ずっとひとりで抱え続けていた言葉。

心の奥底に秘めた、誰にも打ち明けることのできなかった、その想いを声に出す。

「死んでほしくなかった！　ワタシは、もっとマームと！　一緒にいたかった！　ただそれだけなのに！　他には何も望んでいなかったのに！　隣にいるだけで幸せだったのに！なのに、先にひとりで逝ってしまったのはマームの方でしょうッ!?」

それは間違えても、孤高なエージェントが敵に放つ冷徹な言葉ではなかった。

ただの少女が大粒の涙を流しながら、嗚咽と共に羅列する泥のような言葉だった。

相手を強く想っているからこそ、理性では抑えきれない激情が牙を剥いた言葉だった。

そのすべてを、いくら優秀な《名探偵》とて、解るなどと口にしてはいけない。

だが。そんなことなど、当然のように解っているはずなのに、最愛の弟子に、

「シャルが挑むのは、私と云う《名探偵》の遺志——そんな強大な敵だよ」

ずいっと体躯を寄せて、唇同士が触れ合いそうなほど近付いて。

敢えてシエスタは言い放つ。究極の問いを。


「たった独りで、シャルが私に勝てるなんて本気で思ってるの？」


互いに銃口を突きつけ合ったまま、二人は深くまで瞳を見つめ合う。

勝敗を決するのは——武器の性能ではなく、武器に対する練度でもなく、扱う者。

シャーロットは理解していた。たった一発しか装塡できないマスケット銃でも、シエスタと云う戦力であれば、装填数三十発の短機関銃を構えるエージェントでも、制圧できてしまうと。そんな馬鹿げたことを平然とやって退けてしまうと。

「君は『仲間』なんていらない、と言ったね？　もう失いたくないから」

まるで棋士同士が、無限の可能性に希釈されていく棋譜の未来を読み合うように。

事件を事前に解決しておく——そんな規格外の推理を成し遂げる《名探偵》と、その遺志を継ぐと決めたエージェントの一騎討ちは、未然解決の究極。トリガーを引くのは銃弾を相手に当てる行動ではなく、相手の射撃を妨害する行動でしかない。

「でも、それって、君は自分の弱さを克服する気がないってことだよね？」

「——ッ！」

射線先読みの銃撃戦。銃砲身から直線上に伸びる弾道を武器とする。

二人の瞳に映る光景は極彩色の幻想——まるで可能性の万華鏡が如く、幾つもの並行世界での銃撃戦が無限に広がる。

共通認識は、先に射線を晒した方が負け。自らが放った銃弾を撃ち落とされ、屈折した相手の銃弾によって射抜かれるビジョン。互いにどこを狙うのが正解かを知り尽くしているからこそ、到達する解は「相手の射線」に自分の弾丸を置いておく——置き撃ち。

一発で決着が付く、と理解しているからこそ。

名探偵とエージェントは互いの不可視の射線を振り回す。

もう、今のワタシは違うと自分に言い聞かせながら、激昂する感情をなんとか理性で抑え込んだシャーロットは、シエスタの胸部に銃を突き付ける。

ゼロ距離からの接射。引き金を引けば勝利は確定する。だが、なのに、

——どうしてもシャーロットは、シエスタの心臓に向かって銃弾を放てなかった。

「いつまで経ってもシャルは五年前のままだよ。甘え方を知らないくせに、とっても甘えたがりなエージェント。だからこそ敗北して——私に一度、殺されている」

見る者すべてを虜にしてしまうような微笑みを浮かべるシエスタは、

「そして再び、君は私に敗北する。一流の探偵って云うのは」

その瞳と同じ色に輝くペンダントに銃口を添えながら、

「事件が起こる前に事件を解決しておくものだから」

銃声は響かない。それでも決着は付いた。

マスケット銃は空砲だった。

「ねぇ、シャル。君は君が本当にしたいことを自由にすれば良いんだよ」

斯くして、白髪の少女に心を奪われた孤独な少女は、秘め続けた『願い』を『誓い』に変えて白昼夢から覚醒する。きっと夢から覚めたら何も覚えていないかもしれないが、それでも——決して揺るがない意志として魂に刻み込まれ続けるだろう。

エージェントは、自らが憧れた《名探偵》の命を奪った、すべての者を赦さない。

「アナタがワタシを守ってくれたように、必ずワタシがマームの仇を討つ」

探偵はもう、死んでいる。だから遺志を継ぐと決めた。

シャーロットはただ、事件を解きたい。

2

シャーロットが消えたエレベーターの扉を見つめて、シャルネリアは笑っていた。

微笑に呼応するように、水深二百メートルの海中展望フロアの床が、うっすらと発光し始めた。もう賽は投げられた。誰にも止めることはできない。どんなに優秀な魔術師が現れたところで、ここに仕掛けられた魔術が瓦解することはないだろう。

紫の瞳が妖しく揺れて、その表情から感情が消失した。

まるで最後の仕上げのように床へ触れて、告げる。

「これで邪魔者はいなくなりました。この事件を終わらせましょう」

同時。ガッシャァアアン！　と凄まじい音が鳴り響く。エレベーターの扉が強引に開け放たれて、海水と共に流れ込んできたのは少女。

水浸しのシャーロット・有坂・アンダーソンが再登場した。

「……、何してるんですか？　まさかとは思いますが気付いちゃったんですか」

その決定的な一言を耳にして、優秀なエージェントは、にっこりと笑顔を見せた。

「アナタの目的は、ワタシをこの海中展望フロアから遠ざけることだった。ここに一人で残って、とあることを成し遂げようとした」

「驚きました。存外、まともに推理できるじゃないですか、シャーロットさん」

「こんなのは推理でも推論でもないわ。だって、この事件の黒幕は、探偵をここに呼び出した。《名探偵の弟子》として《名探偵》の遺志を継ぐと決めたワタシ。そして魔装探偵の見習いであるアナタ。二人の半端な探偵役を閉じ込めることが目的だった。その真意に気付いたからこそ、アナタはもっともらしい理由でワタシを地上へと逃がしたのでしょう？　馬鹿正直に目論見を話したら、ワタシも残ると言い出すことくらい、ワタシの『相棒』なら予測できたことでしょうし」

その目的を、シャーロット・有坂・アンダーソンは見誤らない。

猫舌だから湯船に浸かれないなどと言い出したり、電子レンジが碌に使えなくて爆発させたり。そんなシャルネリアが、魔術を悪用した大規模テロを企てた黒幕な訳がない。

「アナタは、たった一人で――」

シャーロットは《名探偵の弟子》として真実を告げる。


「――魔術テロの首謀者を捕まえようとした。そうでしょ、シャルネリア？」


シャルネリアは犯人ではなかった。

そんなこと、シャーロットには最初から解っていたことだった。

しかし、何かしらの『魔術』が発動してしまったのと。その発生根源が、この海中水族館の展望フロアであることは、その床に浮かび上がった魔法陣から疑いようのない。

だからこそ、シャーロットの口調に冷たさが帯びる。

「どうして止めなかったの？　ワタシよりも早くここにいた、アナタほどの魔術師なら、フロアの床に魔術が仕込まれていたことくらい解っていたはずよ。そうでしょ？」

「だって、止めたら、解決できないじゃないですか」

シャーロットが一体、何に憧れた《名探偵の弟子》であるか……と同様で。

シャルネリアが一体、何に憧れた『魔装探偵』の見習いなのか……を思い出せば。

その真意に到達することなど、容易いことだろう。二人は等しく大切な探偵役と死別してしまい、同じく遺志を継いだ者ではあるが、決定的に異なるのはスタンスであり描く解決のあり方だ。

「魔装探偵の真骨頂は、『偽りの真実』での解決。事件が起きなければ成立しない」

「だから敢えて事件を起こさせたのね。異能犯を逮捕する為に」

「ボクは探偵役なので」

あっけなくシャルネリアは言う。

事件が起こらなければ、探偵役は活躍できない。だから事件を解決する為に『魔術』による異能犯罪の発生を黙認しても良いと、本気で信じて疑わない瞳だった。

「……関東全域に観測史上最大の超地震でも起こす気？」

「甘いですよ。そんな小規模な魔術」

くすくす、と笑って。凶悪な声色と共に吐息を零す。

魔女っ娘帽子を被った少女は、甘く蕩けそうな息遣いで否定する。

「この魔術が発動すれば、極東の島国は地図上から跡形もなく消滅します」

何を言っているのか理解できなかった。

あまりの急展開に、いくら優秀なエージェントとて流石に頭を抱えそうになる。

だが、相手は魔術師であり、魔装探偵。その目的が異能犯罪を現実の事件として解決することである以上、彼女たちが語る『真相』には嘘偽りがない。

「もう既に、海溝へと沈む日本のビジョンは視ました」

紫色の瞳を疼かせ、シャルネリアは信じられないほどに平然としていた。

一つの国家が地図上から消滅すると云うことは、そこに暮らしていた人々の生活が途絶えることを意味するのだが。きっと、この探偵役には関係のないことなのだ。

「どうしてよ。だって、アナタには事件を未然に解決することが、ワタシがしたくてもできないことができるのに……どうして事件を起こして、被害者を出して、犯人を捕まえることに固執するのよ！」

「未然に逮捕すると、意味が変わっちゃうじゃないですか」

「意味？　変わるに決まってんでしょ。だって——」

「人を殺した犯人を逮捕すれば、それは『殺人犯』です。でも、人を殺す前に犯人を捕まえてしまったら……それは『殺人未遂犯』です」

同じ思想を抱き、同じ罪を犯そうと決意を固めたのに。

本来ならば犯人が背負うべき罪を、探偵役の活躍で軽くしてしまう。

その一点において未然の解決は赦せない。人を殺そうとしたにも拘らず、結果として人を殺し損ねただけなのに、それで罪が軽くなってしまうなんて認められない。

それがシャルネリアの主張だった。

「人を殺そうとしたけど、自らの意思で思い止まり、殺人未遂で裁かれるのならば理解はできます。ですが、そうではないでしょう？　シャーロットさん。キミのしようとしている未然の解決の正体を教えて差し上げましょう」

容赦ない言葉の刃がシャーロットへと突き刺さる。

「後期クイーン的問題――神の如く立ち振る舞う探偵役のせいで、本来の罰よりも遥かに軽い罪しか犯人に科すことができなくなる愚行に他なりません。探偵役は事件を解決することが役割であって、量刑を軽くしたり、情状酌量を認めるのは司法の役割です」

そんな可能性を、シャーロットは考えたこともなかった。ただ《名探偵》の背中を追いかけることに一生懸命だった弟子には、その思考ロジックが微塵も解らなかった。

「なんでアナタは、そこまで未然の解決を目の敵にしているの……？」

だから問うた。そして、魔術的知識の助言役は呟いた。

その答えを。

「ボクの正体が、シャルネリアを殺してしまった魔術師だから」

3

静まり返った空間に少女の言葉が響く。

「半年前、とある優秀な魔装探偵が一人の異能犯を追い込みました」

と、魔女っ娘の帽子を被った少女は悔しそうに、今にも泣きそうな声で口を開いた。

「作戦は完璧でした。ですがボクがやらかしたんです。結果として作戦は破綻。異能犯には逃げられた挙句――シャルネリアは殺されてしまいました」

「ちょっと待って何を言っているの……？」

当然、理解など追いつかなかった。シャーロット・有坂(ありさか)・アンダーゾンは困惑する。

言葉の意味を正しく認識している以上、優秀なエージェントにとっては造作もないことのはずなのに。どうしようもなくシンプルな結論に至ることを、脳が拒む。つまり、

――探偵はもう、死んでいる？


「アナタ、もしかして」

「ようやく気付いたんですか？」

その少女は、そっと息を吐き捨てた。

「そんな為体じゃ《名探偵》になることは出来ませんよ、シャーロットさん。ミステリに双子が出てきたら、真っ先にその可能性を疑わなきゃダメじゃないですか」

魔女の帽子を形見のように優しく撫でながら、告げた。

「入れ替えトリック。ボクはシャルネリアの妹——シャーロット」

シャーロット・有坂・アンダーソンの時間が、止まる。

ここにきて最大級の衝撃が、エージェントの体躯を突き抜けた。

同じ愛称——なんて次元ではない。二人の少女は同じファーストネーム。

目の前にいる少女こそが、死んだとされていた魔装探偵《シャーロット》だった。

「ホント、偶然で驚いちゃいますよね。燈幻卿にキミと組むように通達を受けて、いつバレるか気が気じゃなかったです」

魔術師シャーロットは苦笑しながら続けた。

「ボクは完全に思い上がっていたんです。最年少で魔装探偵の資格を得て、いつも張り合っていたお姉ちゃんよりも早く一人前になれたことに自惚れた結果。魔装探偵《シャルネリア》の忠告を無視して作戦を強行して——」

自分が背負うべき罪を、余すことなく吐露するように。

「――危うく『魔術』の存在が露見するインシデントを起こしました。それどころか、異能犯はボクの作戦を完璧に読んで、トラップを仕掛けていました」

「……、」

「じゃあ……アナタがそうだったのね」

「半年前に《名探偵(シエスタ)》が死んで、その席が空いていたじゃないですか」

「はい。次期《名探偵》の候補として真っ先に名が挙がったボク――魔装探偵《シャーロット》の抹殺が《探偵殺し》の狙いでした」

「その結果、お姉さん(シャルネリア)が身代わりに死んだ。シャーロットとして」

「魔術的な人格入れ替えトリック――体躯(たいく)はそのままで、精神だけ入れ替わることができちゃうんですから。魔術って便利ですよね」

場違いなほど軽い声だった。

だがそれは、努めて明るく振る舞おうとする空元気にしか聞こえなかった。

「罠(わな)に嵌(はま)ったボクが死ぬはずでした。でも、そんな愚かなボクを庇(かば)って、シャルネリアお姉ちゃんは命を落としました。そして、何も起こりませんでした。誰も彼もが事件のことなど忘れて『魔術』が世界にバレることはありませんでした。でも、」

「………、」

「異能犯が起こそうとした異能犯罪すら、なかったことにされてしまいました」

その言葉を予想できなかった訳ではない。

魔術に疎いシャーロットでも、ここまで揃えば答えに到達するのは難しくない。

「ボクの憧れる探偵役は、ボクを守る為に死にました。殺してやりたいほど異能犯のことは憎んでいますが、奴は何もしていないことになっている。だから異能犯に殺されたのに殉職扱いですらない」

どれほど悔しい思いをしたのかは、その声色が暗に語っていた。

「……誰も覚えていないんです。どうして、探偵が死んだのか。愚かなボクのことを庇って異能犯に殺された『真相』は世界から消失しました」

「だからアナタは事件を起こしてから解決することに固執しているのね」

「事件は起きてから解決しないと誰の記憶にも残らない。事件が起こる前に解決してしまったら、どうやって異能犯を逮捕するんです？」

決定的な証拠を掴んだとしても、事件を起こす前に捕まえてしまったら未遂犯。

それどころか不能犯。どんなに魔術的に正しくても、その理論を理解できない愚か者からすれば魔法陣なんて床の落書きでしかない。たとえ魔術師が丁寧に解説し、その危険性を説いたところで、イタい厨二病患者の戯言だと嘲笑の対象になるだけ。

「だって、こんな床の落書きで国家一つが消失するなんて、誰も信じてくれないでしょ」

つまり最初から詰んでいた。

かの《名探偵》だからこそ成し遂げられる、唯一の技能。

それが未然の解決の正体だと、エージェントは改めて思い知らされる。

「今回の魔術的テロの首謀者を未然に捕まえたところで、裁くことは難しい。魔術師の世界に、実行されていない魔術で裁くルールなんて存在しません。じゃなきゃ世界を滅ぼす魔術を知った時点で、テロリスト扱いされてしまうので。各派閥のトップを裁かなければならなくなりますよ?」

俯(うつむ)いて、沈黙を続けるエージェントを追い込むように、

「発動する前に魔術を破壊したら、首謀者を裁くことはできません。それが魔術の世界における絶対的なルールです。だったら、目の前にいる人々を見捨てて、テロ事件を起こした首謀者を裁く方が絶対的に正しいじゃないですか。ここで取り逃せば、もっと多くの人が被害に巻き込まれることになってしまう。これは『トロッコ問題』です。目の前に刃物を持った凶悪犯がいて、彼を止めれば目の前にいる一人の命は救えるかもしれません。ですが彼から凶器を持つ機会を奪うことで捕まえ損ねた結果、未来で彼が百名の命を奪うこ

とが確定していたら。どうします？」

　悪魔が問う。

「今、仕方ないって思いませんでしたか？」

「…………………………………………、」

「命の価値は不平等ですか？　それも一つの価値だと思います。一人の罪なき少女の命が無惨に奪われるくらいなら、百人の極悪非道な犯罪者が殺される方が健全だと信じるのも自由です。ボクは咎めませんよ」

「…………………………………………、」

「命の価値が同じなら、多くの命を救える方が正しいはずです」

大義のために、ほんの少数には犠牲になってもらう。広い世界の、極東の島国に暮らす、たった一億二千万人程度。人類――総勢八十億人が安心して暮らせる世界の為に、最悪の一を葬るべく、絶対に今回の魔術的テロは未然に防ぐべきではない。

　それが魔装探偵《シャーロット》の意志だった。

「悪く思わないでくださいね？　バカなボクを助けてくれた探偵を二度も殺す訳にはいかないんです。だから悪魔に魂を売るって決めました。世界から異能犯を絶滅させる為ならボクは、極東の島国の一つくらい見殺しにします」

　その言葉を聞いて、ずっと沈黙を貫いていたエージェントがようやっと口を開く。

シャーロット・有坂（ありさか）・アンダーソンは、天使のような笑みを零（こぼ）した。

「……なんだ。ワタシたちは似ているどころか、同じだったのね」

これは二人のシャーロットの遺志と意志のぶつかり合い。

大好きで、憧れていた、そんな大切な探偵を、もう二度と死なせないと誓った少女たちによる戦いの火蓋は切って落とされた。

4

全人類を救う。その為（ため）の犠牲となれ。

突如として極東の島国に突き付けられた現実は、あまりに残酷だった。

ゴォン、と低い音が鳴ると同時。展望フロアの床に浮かび上がった魔法陣から凄（すさ）まじい閃光（せんこう）が迸（ほとばし）り始めた。それが何かしらの合図であることは、魔術に明るくないシャーロットでも解（わか）る。

シャーロット対シャーロット。

エージェントと魔術師は互いの瞳を見つめて、視線を絡め合う。

だが、実のところ、もう既に決着はエージェントの敗北と云（い）う形で決まっていた。

最初から無茶な話だった。完全武装した魔術師を相手に、無策のエージェントでは勝負にすらならなかった。

愛用の回転式拳銃を引き抜いた瞬間、指先で何かが弾けた。

「……ッ!?」

悲鳴なんてあげる暇もなかった。突如として爆散したのが、自らの周囲に漂う空気であったことにエージェントが気付いたのは、手から吹き飛んだ拳銃を瞳に映しながら、天地が引っ繰り返った光景を認識した後のことだった。

まるで指で弾かれた消しゴムか、或いは砲弾の直撃を受けたぬいぐるみか。とてもではないが、その場に留まっていられる訳もない衝撃。

文字通り、相対するなんて不可能なほどの絶対的な戦力差が両者の間にはあった。

戦闘が不得意なんて嘘だった。それは魔術師《シャルネリア》を演じる為の嘘であって、魔術師《シャーロット》として正体を現した彼女は全力全開。シャーロット・有坂・アンダーソンが魔法陣の浮かび上がる床へと激突すると同時に、全面ガラス張りの展望フロアに幾億もの亀裂が入った。

呆気なく瓦解。気圧バランスが狂って崩壊が始まった。

館内に響くアラート。それは緊急事態の発生と、即時避難を促す内容だったが、海中に沈む展望フロアに取り残された二人にとっては無意味な内容だった。

小刻みに構造物全体が震える中で、エージェントはなんとか立ち上がる。

愛用の回転式拳銃も、袖に隠したワイヤーも、武器と呼べるものはすべて喪失してしまっていたが、それでも《名探偵の弟子》は戦意までも失った訳ではなかった。

そんなシャーロットを見て、

「なんで……どうして戻って来ちゃったんですか、シャーロットさんッ！」

「決まってるでしょ、アナタが心配だからよ、シャーロット！」

「バカなんじゃないですか!?」

二人のシャーロットの怒号が重なり合う。

「ボクは敵討ちのために、この国と、この国で暮らす、何の罪もない人々を見殺しにするって決めるような魔女なのに！　ボクのことなんて放って置いて下さいッ!!」

「心配するに決まってるでしょ。だってアナタは——」

その理由は、至ってシンプルだった。


「世界で、たった一人の『相棒』なんだから」


その言葉に、どれほどの想い(おも)がこめられていたのかは定かではない。

だが、頑(かたく)なに心を閉ざしていた少女が、実は罪の意識に苛(さいな)まれない為(ため)に張り巡らせたガラスの密室に自ら閉じ篭もっていたのだとしたら。それを打ち砕いてしまうには十分すぎる気持ちが込められていたのは間違いないだろう。

そして。

ガッゴォオオン、と。爆音が轟くと同時。

展望フロアのガラスは木っ端微塵に砕け散り、轟々と海水が流入してくる。

このまま海の藻屑になってしまうことは確定だった。気圧バランスが狂ったことで均衡は崩壊し、ガラスが次々と砕ける音が鳴り止まない。数秒後には施設内に入り込んだ海水の重さに耐えきれず、文字通り海底へと沈むことになるだろう。

もはや希望なんて見出せない、絶望的な状況だった。

「ごめんなさい、シャーロットさん」

それは人類——総勢八十億人が安寧を享受する為に、一億二千万人を見殺しにすることを選んだ魔術師の言葉ではなかった。

「ボクは、シャーロットさんの『相棒』を名乗る資格はないんです」

紛れもなく懺悔の言葉だった。

「実は、日本に来る前から、《探偵殺し》がこの水族館に魔術を仕掛けている可能性が高いことは『ルーン魔術』で気付いていました。なのに、ここに来たのは本当にただの偶然かもですが……ボクはシャーロットさんに黙っていました。結局ボクは、シャルネリアの仇を討つ為に、日本と云う国家を生贄に捧げる決断を下した悪魔であることには変わりありません。……でも、赦されるのなら。どうかキミだけでも逃げて下さい」

次の瞬間、炸裂したのは眩い光の嵐だった。

「ありがとう。この二日間、本当に楽しかったです」

それは、エージェントの周囲を高速で回転する光の輪だった。

何が起こったかなんて、魔術的知識は皆無のエージェントに解る訳がない。ただ、これっきりもう二度とシャルネリアとは逢えなくなる。そんな漠然とした予感だけがしていた。

「アナタ、ここに残って『魔術』と心中する気なの!?」

「仕方ないじゃないですか。その脱出ルーン、使用可能なのは一回きりなんです」

「……嘘よ。気付いてた？　アナタ、嘘を吐くとき決まって毛先に触れる癖があるの」

「あはっ。やっぱり敵いませんね。でも一回きりなのは本当です。だって、ここから離れる気がボクにはありませんから」

だって、と理由を告げる。

「一億二千万人もの命を犠牲にするんですよ？」

贖罪と言わんばかりに、その魔術師は寂しそうに笑っていた。

「ボクには、この『魔術』が無事に完成するか命を賭して見届ける義務があります」

酷く歪んだ感情で、自分が絶対的に正しいだなんて微塵も思わず。

でも、そうすることでしか答えに到達できないと知っているからこその覚悟。

もう既に犠牲者を出してしまったから。それを否定したら、シャルネリアの死が無駄になってしまうから。

「こんなところでアナタが死んだら、誰がシャルネリアの遺志を継ぐのよ？」

「いるじゃないですか、適任が。ボクの目の前に。シャルネリアがシャーロットに受け継がれたように、再びシャーロットへと渡されるだけのことじゃないですか」

と、可笑しそうに魔術師は笑った。まるで言い聞かせるような物言いだった。

「だからきっと、これはバトンなんです。ボクは、ここで死んでしまいます。ですが……同じ境遇のキミなら受け取ってくれますよね、シャーロットさん」

大粒の涙を瞳から零しながら――懇願するような瞳で。

指先に灯るルーンの光――徐々に増大。

それを見て――赤ずきんと魔女。

「絶対にお断りよ」

シャーロット・有坂・アンダーソンはそう宣言した。

それは拒絶に他ならない。だが、エージェントが魔術師を見捨てたからではない。

シャルネリアと名乗っていたシャーロットが本心を露わにしたことで、相対するシャーロットはシエスタの遺志を引き継ぐ——覚えているはずのない白昼夢が脳裏に浮かぶ。

「さっきアナタ言ったわよね。未然に事件を解決したら異能犯を捕まえられない？　だったら、また止めればいいのよ、何度だって！　事件を未然に防ぎ続ければ、犠牲者を出さずに済むことができる。そうでしょ？」

「そんな無茶……できるなら選んでいますよッ！　でも、これは残酷な現実の話で、誰もが幸せになれる御伽話なんかじゃないんです、現実には不可能じゃないですか」

「できるできないじゃないの、やるのよッ！」

エージェントの絶叫が、すべての騒音を塗り潰すように掻き消す。

「死んだ探偵を模倣したところで、その探偵の代わりにはなれないわ。でも——」

全身全霊を込めて、そのエージェントは『相棒』に吼えた。

「——ワタシたちは《遺志》を引き継げるッ！」

真似することばかりに固執して目的と手段を間違えてはいけない。

未然に防げるのならば、その方が良い。きっとシャルネリアだってそう言うはず。

どちらも半人前。本来ならば実力不足を嘆く場面かもしれない。でも、シャーロットは違った。互いに欠けた部分があり、それを埋めることが致命的に難しいと既に判明している以上、選択肢はひとつ。

浸水が始まって海水で満たされ始めた展望フロアで睨み合う、赤ずきんと魔女。

次の瞬間には、幾つもの魔術が殺到した。同時に、エージェントは駆け出す。魔術師に向かって無手で突っ込むエージェントを全方位から囲んだ魔術が、容赦なく襲いかかる。このまま突っ込めば無事では済まない。そんな魔術に明るくない者でも瞬時に理解できてしまうほど解りやすい脅威。

回避する為には、一旦後ろに下がらなければならない。

立ち止まらなければ、絶望で埋め尽くされた空間によって無事では済まされない。

なのに、

「……シャーロットさんッ!?」

そう。シャーロット・有坂・アンダーソンに一歩引くなど絶対にあり得ない選択肢。

身体中に魔術が突き刺さる。だが、怯まない。赤いケープと煌めく金髪を天使の翼のように広げた少女は、全身に魔術の直撃を受ける覚悟で魔術師へと迫る。ただただ《ありえない》現象だった。自らの命を極限まで危険に晒すことでしか魔術師に対して勝機を見出せないのであるならば、そのわずかな可能性に賭けて挑むのがエージェント。

シャーロットは、シャーロットを理解した。

そしてシャーロットもまた、シャーロットを理解した。

理解したからこその全身全霊の正面衝突。これは魔術などではない。

絶望的な魔術の壁を突破したシャーロットは、想いの力で最後まで全力疾走で駆ける。

「シャルネリアが命を賭して守りたかったのは、一体誰なのか思い出しなさい」

と手を伸ばす。

その一撃で勝敗は決した。

それは、ひたすらに優しい抱擁だった。

「一緒に探偵の《遺志》を引き継ぐのよ、シャーロット！」

5

轟々、と凄まじい勢いで海水が流入する。

赤ずきんの少女の腕の中で、魔女は安心しきった表情で気を失っていた。

もう既に、彼女は脅威ではない。問題はフロアに刻まれた魔法陣だった。これを放置すれば、いずれ首都どころか日本そのものを消滅させる魔術が発動するらしい。あまりに馬鹿げたスケールに、すべてを投げ出したくなる。

だが、たかが国家一つが地図上から消滅するような危機など、優秀なエージェントからすれば大したことではなかった。

確かに絶望的な状況ではある。シャーロットに魔術的な知識はないので、どうやったら解除できるかなんて知るはずもない。そもそも止める手立てがあることすら解(わか)らないような状況だ。それでも、なんの手立てもなく猪突猛進(ちょとつもうしん)するような愚か者ではない。

だから、

「なんで戻って来たかって？」

シャーロットは、決定的な事実を告げた。

「解ったから戻ってきたのよ、今回の魔術的テロを仕組んだ真犯人が」

そもそも事件の発端は館内アナウンスだ。

二人のシャル——つまり《名探偵の弟子》と『魔装探偵の見習い』は海中水族館の最深部へと呼び出された訳だが、冷静に考えると変である。

それぞれ異なる探偵の遺志を継いだ二人のシャルを閉じ込めたかったから？

しかし魔術的テロの首謀者が、どうして魔術の儀式の場へと二人の探偵を招かなければならないんだ。普通なら逆じゃないか？　なるべく近付けたくないだろう。発動する前の魔術に細工をされて、計画が破綻する可能性だってある。

でも首謀者は、二人のシャルを招き入れた。

「魔術テロの首謀者は知っていたのよ。片方の探偵は、事件が起きるまで手出しをしない魔術師であること。もう一方は、魔術的知識は皆無で助言役(アドバイザー)に頼りっきりのエージェントであることを」

——なんの為(ため)に？　そんなのは決まっている。

「魔術テロの首謀者は、ここに二人の探偵を閉じ込めることが目的だった」

シャーロットの脱出を阻んだ、エレベータシャフト。あそこの装置は、すべて電子制御だった。落下してきたエレベーターも、シャフト内部に仕掛けられていた爆弾も、すべて機械的な仕掛け。機械音痴の魔術師《シャルネリア》には不可能だ。

そして同時に一人の魔術師が、容疑者候補に浮上する。

「あんなにタイミング良くエレベーターが高速で落下してきたり、爆弾が炸裂(さくれつ)したり、魔術が発動するなんて偶然にしては神がかりすぎ。シャフト内の様子を監視しつつ、ワタシの動きに合わせて意のままに機械を操る力でもなければ不可能よ」

ぱちぱちぱちぱち、と。

拍手と共に二人のシャルの背後で声がした。

暗がりの中から、今回の事件を仕組んだ黒幕が正体を現す。

「見事だよ。どうやら貴様は、本当に優秀なエージェントだったようだな」

そこには真犯人が立っていた。だからシャーロットも告げる。あらゆる電子機器に対して無類の強さを誇る、情報戦最強と称される超能力者の名を。

「………………………燈幻卿」

「いや驚いたよ」

燈幻卿。軍服チャイナロリータの少女は、静かに笑みを浮かべる。

シャーロットも最初、その事実に到達したとき信じることが出来なかった。

だって、まさか捜査情報をすべて把握し、捜査そのものをコントロールしていた警察庁の異能犯罪対策室・室長の燈幻卿が、すべての事件の黒幕だったなんて。しかし、

「燈幻卿は出世を諦めた無能だ。ひょっとして、そんなことを思っていなかったか？」

異能犯に捕まり『第三の地球計画』へと捕らわれてしまったり、その救出に失敗した部下が全滅させられてしまったり。

燈幻卿の行動は、確実に警察庁の異能犯罪対策室の機能を奪っていた。

「その通り、私は無能だ。誰がどう見ても優秀な室長ではない。そう周囲に思わせておけば、どんなに無能な動きをしても怪しまれない。せいぜい私のことを無能だ馬鹿だと揶揄するだけ。誰も、そうだと思い込まされている可能性に気付きもしない」

だからこそ気付けなかった。

「まさか燈幻卿の目的が、無能ムーブによる警察庁の破壊だったなんてね……」

「世の中、相手は自分よりも知能が低いと思い込む病を患っている者が多すぎる。自分が騙されていることにすら気付けず、相手のことを自分のちっぽけな尺度で定義してしまうような者ばかり。自分なら世界の『真実』だって見抜ける、と思い上がっている」

貴様もその一人だ、と燈幻卿は鉄扇を構えながらエージェントを愚弄する。

「いくら超至近未来予測戦闘術を心得ていようが、回避できまい？」

次の瞬間。二人のシャーロットを強烈な閃光が射抜く。

蜂の巣にするかの如く、全方位から照射されたレーザーが直撃した。

呼吸が、止まった。掛け値なしに、冗談ではなくエージェントは死を覚悟した。

それは無数の大型ドローンに搭載された、痛みを感じる前に死ぬ連装機関銃（Old Painless M134 Minigun）のレーザーサイト。燈幻卿の能力で完全に統制された六枚のプロペラで浮遊する黒鉄の無人兵器は、赤や緑をはじめとした七色の照準器でエージェントを完全に包囲していた。

　可視化された弾道で串刺しにされた。無論、シャーロット独りなら、こんな状況でも打開する策など幾つもあるが、しかし今は気を失ったシャーロットを抱いている。

「そんなハンデを背負っているから、貴様は死ぬ。どうする……仲間を捨てるか？」

悪魔のような囁きがエージェントを蝕む。だが、睨み返すことしかできない。

——この段階では燈幻卿を罪には問えない。だって、

「まだ私は何もしていないじゃないか」

全身の淫紋が桃色に発光する中、燈幻卿は表情で告げる。

「初めまして。十二の《調律者》の役職が一つ、次期《魔術師》の座に就くことが内定している燈幻卿だ。そして一つ訂正をさせてもらおうか。たかが極東の島国一つと、平凡な一億二千万人を消し去るのに『魔術』を使う必要がどこにある？　どうして気付くことができないんだよ、エージェント」

言葉と共に、ドローンが一斉に回転し、ガラス張りの展望フロア全体を掃射。

銃弾に撃ち抜かれた耐水圧の極太ガラス板は、壁の役割を果たせなくなり砕け散る。

当然、ガラス張りのフロアに刻まれていた魔法陣にも亀裂が走り、大量の海水が轟音と共に一気に流入して、浮かび上がっていた光も歪な形へと変容を遂げた。

そんな悲劇的な光景の中、事件の首謀者――燈幻卿が目的を語る。

「私の目的は《名探偵》の撃滅だ」

その言葉に耳を疑う。シャーロットには意味が微塵も理解できなかった。

だって、それはあまりに荒唐無稽な話だった。探偵に憧れて、その背中を追うシャーロットにはあまりに衝撃的な内容だった。なのに燈幻卿は、

「世界から悪を根絶するため、正義は消滅しなければならない」と吐き捨てた。

「影があるから光が必要なのではない。強い光が存在するから、影ができてしまう。探偵が存在するから、事件が発生する。解く謎がなければ探偵は存在できない。探偵が探偵たり得るのは、誰にも解けない事件があり、好敵手である黒幕が存在するから。探偵がいるせいで、相対する黒幕が出現し、誰にも解けない謎が発生する」

そして締め括るように告げた。

「――真に世界を救うには《名探偵》を撃滅させなければならない」

きっとそれが合図だった。燈幻卿の全身に刻まれた淫紋が光り輝くと同時。

海中水族館は跡形もなく爆散した。展望フロアのみならず、構造物そのものが完全にパージされて、大量の海水が流入してくると云うより海の一部に成り果てる。酸素は泡となって海面に向かって上昇し尽くす。

いきなり水深二百メートルの世界に投げ出されて無事な訳がない。

しかし、シャーロットは死ねない。遺志を引き継がなければならない。

かの探偵たちが二度目の死を迎えることは、絶対に阻止しなければならない。

海の濁流に呑まれながらも、エージェントは腕の中に大切な相棒を抱えながら海面に向かって上昇する。

だが、海中で翻弄されるシャーロットに対して絶望的な魔術が殺到した。

小さな悲鳴は、轟く水音に掻き消されて誰にも届かない。

6

たった一瞬で、全長二百メートル以上もあった構造物が消滅した。

残骸は、すべてがパーツ単位で海の藻屑となった。それは解体と云うよりも、たったの一瞬で建造過程を巻き戻すような完全なる崩壊でしかない。

信じられないような光景。まさに《ありえない》現象でしかなかった。

しかし、驚き尽くすのはまだ早い。海の底へと沈んでいく無数のパーツとは逆流するように一つの物体が海上へと浮上しているのだから。

大量の水飛沫と共に登場したそれは、展望フロアのガラスの床。

超巨大なガラスの円盤。無数の溝が刻まれた魔法陣。それは世界最大級の直径を誇るガラス製のレーザーディスクである。

「きっと貴様らには、一生かかっても理解できないよ」

そう告げるのは全身が海水でびしょ濡れになった燈幻卿だった。

髪が濡れているどころか、下着すらも透けて見えるような状態だが、まったく気に留める様子はない。海洋上、上空百メートルほどの地点に浮かんだガラスの円盤の上に降り立った姿は、まさしく神のような神々しさを纏っていた。

その視線は、はるか天空のさらに上。

「こちらの準備は整ったぞ。発動しろ、『第三の地球（バイオスフィア3）』！」

天空より降り注いだ真紅のレーザーが、ガラスの円盤へと突き刺さる。

だが、それは破壊するための衛星レーザー砲ではなく、文字通りCDを読み取っているようだった。甲高い金属音のような、耳障りにも聞き心地が良いようにも思える不思議な音色が全世界の人間の鼓膜を振動させた。

天空に不気味な音が響く。

その正体は、

「世界に終焉を齎す音（アポカリプティックサウンド）」

ヨハネ黙示録。その第8章6節から11章19節にかけて描かれた、世界が終末を迎える際に七人の天使によって奏でられるラッパの音色。

神聖な音色を持ち、世界を揺るがす力を秘めている。その音は善悪を問わずすべての者に終末の到来を告げ終わりと始まりの象徴となる。終末のラッパの音は宇宙を震わせ、新たな未来への旅立ちを迫る。即ち（すなわ）、

「カバラ思想の究極。世界を浄化し、悪を滅ぼす……世界のリセット」

同時。海中から電撃が迸り（ほとばし）、ガラス板の空中要塞に直撃する。

それが攻撃ではなく移動用の魔術であることを燈幻卿は見抜いていた。

だから全身が海水で濡れた少女二人が、天使と悪魔のように背中合わせて君臨したとしても驚いた様子は見せない。

「悪運が強いな、シャ、ー、ロ、ッ、ト」

どちらに対してと云う訳ではなく、両方のシャーロットに対する言葉。

エージェントのシャーロットには至極意味不明な光景だったが、もう一人のシャーロットは魔術的知識の助言役故に状況を正しく把握しているらしい。

魔術師のシャーロットが言った。

「魔術的な構造物によるバベルの塔の顕現。世界を終わらせる気ですか？」

「とんでもない。そんな黒幕じゃないよ。これは世界から《名探偵》と云う概念を消し去る魔術だ。天使が奏でる七つ目のラッパが鳴り終われば《名探偵》が活躍する世界は終わりを告げる。それで《名探偵》は、未来永劫どこにも登場しなくなる。つまり――」

発せられた言葉は地獄だった。

「もう二度と《名探偵》が存在しない世界へと生まれ変わる」

一つの世界の終焉が、もう目の前に迫っていた。

「そんな世界、ワタシは絶対に認めない」

「言っても解らないよ。理解して欲しいとも思わない。だが、私は、私の行いが『善か悪か』で言えば『悪』であることなど自覚している」

「だったら」

「だからこそだよ、エージェント」

なんとか理解を試みようとするシャーロットの声を遮って、燈幻卿は笑顔で言った。

「これから私は《探偵探し》に教唆された《世界の敵》として死ぬ」

「え？　アナタが《探偵殺し》じゃないの……？」

「私は最弱の《探偵殺し》だよ。まだ一人も殺せてないのだから」

まるで出来の悪い信者に教えを説く宣教師のように。

「だから今回の実行犯に選ばれた。生贄に一億二千万もの命が必要な超巨大な魔術の術者が無事な訳ないだろ。一人の核となる魔術師の犠牲なくして奇跡は起こらない」

その衝撃的な一言に、エージェントは言葉を失ってしまった。

「……じゃあ何？　アナタは自らが望む世界の為に、その命を犠牲にするってこと？」

「悪いか？　私は誰かに利用されて生きることに疲れたんだよ。解って欲しいとは思わないさ。自分の意思で誰かの遺志を引き継ぐことができたり、己が意志を掲げることができるような連中に理解できるだなんて、最初から期待していないさ」

燈幻卿は、どこか諦めたように言った。その姿はなんだかとても悲しそうに見えて。でも、二人のシャーロットには理解することができなかった。

「お喋りは、これでお終いだ」

「待って下さい。どう考えてもおかしいじゃないですか。キミの目的が世界を平和にすることならば、こんな魔術に頼らなくても……」

「何を勘違いしている？　私は悪人だ。それを解らせてやるよ」

そう言って、燈幻卿は空に向かって手を伸ばした。

その白く華奢な指先には、夜空を飛ぶ旅客機が一機。運命の悪戯か、かの《名探偵》が解決したハイジャック事件の際に狙われたのと同型の機種だった。

「何を……」と、魔術師《シャーロット》が口を開いた次の瞬間。

燈幻卿は、虚空を掴んで引っ張るように、手を下ろす。たったそれだけの動作で、まるで連動しているみたいな《ありえない》現象が引き起こされた。

具体的には、遥か上空を飛行していたはずの旅客機が、凄まじい速度で垂直に落下。物理法則を無視した見えない力に引っ張られ、シャーロットたちの真横を通り過ぎて、足元に広がる海面へと叩き付けられた。

一言も発することなく、紛れもなく非科学的な大惨事の墜落が起こった。

「鉄の塊が空を飛ぶなんて、その方が遥かに《ありえない》だろ？」

これには、科学に苦手意識を抱いていた魔術師《シャーロット》も顔を歪(ゆが)める。なんの罪もない人々が一瞬にして消えた。どうして、何が起こったのか。そのすべてを知らされることなく。その残酷な事実を燈幻卿は悪怯(わるび)れもせず、叫ぶ。

「乗員乗客、すべてが死に絶えた！　絶対的な悪として君臨した私を殺せッ！」

と、思われたのだが。

「いいえ」

たった一人、そんな悲劇をつまらなそうに眺めている少女がいた。

予定調和の出来事を、ただ見届けただけのような顔をしているのは他でもない。シャーロット・有坂(ありさか)・アンダーソン。《名探偵の弟子》である。

少なくない命を一瞬にして奪ったはずの燈幻卿に対する眼差しなどではなかった。

「……まさか貴様」

「事件は未然に解決しておくもの」

そう。最初から、誰も乗っていなかった。

無人の旅客機を飛ばしていた。燈幻卿が凶器にすることを見越して。

それは、タイミングなどを図らなければできないことだ。何度も円を描くように空を飛んでいては怪しまれる。だから、完璧なタイミングで、たった一回だけ。燈幻卿の頭上を通るように計算する必要がある。

「そんなことが――」

できるのか。疑問が、燈幻卿を駆け巡る。同時に恐ろしい解答に到達する。

「――貴様、《名探偵》にでもなったつもりかッ!? いつからだ、いつから私が旅客機を撃墜する未来を予測していたんだッ!!」

「褒めてくれたところ申し訳ないのだけれども……」

と、エージェントは真相を口にする。

「三年前よ。ハイジャック事件を解決した時に、この日、この時間、この建造物の上空を、同型の旅客機を無人で飛ばすように言われていたの。理由は『言っても分かってもらえないから』って教えてくれなかったけど、あの《名探偵》の推理だからワタシは従った」

「死して尚も私の邪魔をするのか、《名探偵》……ッ!」

獣が唸るように、深い怨嗟を吐き捨てる燈幻卿。呼応するように幾百もの黒鉄に輝くドローンがエージェントを完全包囲するように殺到し、空中要塞と化したガラス板に刻まれた魔法陣が凄まじい光を放つ。

世界に轟く終末の音色は最終楽章へと到達していた。どこか聴き心地の良いその音が鳴り止んだとき、果たして世界がどうなってしまうなどシャーロット・有坂・アンダーソンには解らず――しかし、魔術師《シャーロット》には解っていた。

だから二人のシャルは協力する。違いを補い合う『相棒』として。

確かに、探偵はもう、死んでいるのかもしれない。

それでも遺志まで殺させない。だから、シャーロットはただ、事件を解きたい。

「いくら《名探偵》を滅ぼしたところで、悪は潰えないわ」

「だからこそボクたち探偵役は、こんなところで死に絶える訳にはいかないんです」

それは初めて意見が一致した瞬間だった。

二人の天使と悪魔が、神を気取った愚か者に突撃しながら告げた。


「アナタを――」「キミを――」「「――異能犯として逮捕します」」


そこから先は、意地と遺志の激突だった。

もはや語るのも野暮すぎる、二人の探偵役による解決編。結局のところ、帰結するのは矜持のような、譲ることのできない部分のぶつけ合い。

世界から《名探偵》を撃滅することで、世界を救おうとする悪役。

相対するのは《名探偵》の遺志を継いで、大好きな世界を守ろうとする探偵役。

恐ろしい魔術が発動する最後のトリガーが燈幻卿の死であるならば、二人のシャーロットがすべきことは、黒幕の救済。その自害を止めることで世界も救ってしまう。あまりに馬鹿げたスケールの話だが、これくらいの事件でなければ《名探偵》に相応しくない。

ドローンによる全方位掃射はエージェントによって回避され、エージェントにお姫様抱っこされた魔術師が、燈幻卿へと攻撃のルーン魔法を放つ。

そんなコンビネーションを、どこか羨ましく、恨めしく見つめながら、

「解ってくれよ……《名探偵》の存在が、私と云うバケモノを生み出したんだ」

それは黒幕の台詞ではなく、軍服チャイナロリータに身を包んだ少女の言葉だった。

燈幻卿――ピンクに煤けた黒髪を竜巻のようなツインテールに結いた、仄かに桃の香りを体躯から漂わせている少女は多くを語らない。しかし本当に短い言葉の吐露だったが、それこそが燈幻卿の犯行動機のような気がした。だからこそ、

「アナタの事情なんて、こっちは知ったこっちゃないわよ……っ！」

と、エージェント《シャーロット》は叫ぶ。

「だって、何も話してくれないじゃない。教えてくれないと解らないでしょ！」

エスパーじゃないんだし、ワタシ馬鹿だし、と謎の言い訳を勢いで付け加える。

次の瞬間、世界に走るのは激震。だったらどうすれば良かったんだと。もはや誰に向けたら良いのか解らなくなってしまった呪詛を燈幻卿は吐く。

「私は、生まれた瞬間から、他者に尽くすことしかできなかった。この身を誰かの為に捧げることを運命付けられていたんだ。貴様らのように自らの意思で意志や遺志を持つことは赦されなかった。だって、私は、私の正体は――ッ！」

「色白で華奢な体躯が口にするのは、甘美な桃のみ。古代中国から噂され続けていた都市伝説上の存在——桃娘。それがキミの正体ですね？」

呆気なく。あまりに呆気なく魔術師《シャーロット》が解き明かす。

まるで最初の出逢いで、その正体を見抜いていたが如く。であれば、この期に及んで燈幻卿も隠しはしない。誤魔化しもしない。

「神から賜りし果実のみを食して生きる少女は、その神聖なる身から分泌された体液を不老不死の妙薬として搾取され続ける。やがて肉体的に成熟すれば誰かと交わらされて、最期には血肉を余さず喰われることで生き絶える。つまり——」

燈幻卿は怨嗟の籠った告白を吐いた。

「——私は人間ですらない。人間の為に伝説上の魔女を魔術的に再現した性奴隷だ」

だから。もう生きたくないと言っているのかもしれない。その気持ちは、とても語り尽くせる訳がなく、その立場に追いやられた者にしか真の意味では理解などできやしないだろう。間違えても気安く解るなんて口にして良い訳がなかった。

「燈幻卿。誰もが私をそう呼ぶ。否、そうとしか呼ぶ方法を知らない」

感情の濁流が、軍服チャイナロリータを着せられた少女の口から怒涛の勢いで噴出する。

「なんせ私自身が私の真名を知らない。いつ生まれたのか、誕生日すら知らない」

誰に向けた言葉なのか、何も解らなくなってしまった少女のように喚く。

「魔術的に可能だから歪んだ性癖を満たす妄想上の存在を作ってみた。ただそれだけの理由で産み落とされた怪物は、かつて《名探偵》に救い出されて悟ったよ。私は《名探偵》と云う究極の存在が活躍するために悪役によって生み出された救済対象でしかない、と」

燈幻卿が悔しそうに吐き捨てると同時。

世界に終焉を齎す音が更なる高音を発したかと思えば、二人のシャーロットはまるで金縛りに遭ったかのように全身が硬直する。

「悪く思うなよ。最終楽章には仕掛けを施しているんだ」

燈幻卿は、まるで仕込んだ悪戯がバレてしまった子供のような笑みを浮かべる。

「シャーロット。その名を冠する者の動きを止めてしまう魔術が、この音には仕組まれているんだよ。次期《名探偵》を引き継ぐ可能性の高い二人のシャーロットを、同時に封殺するダブルチェックメイトだ」

肩、左右の太もも、背中に刻まれた淫紋を輝かせる燈幻卿を目前にして。

二人のシャーロットの動きは、完全に止まった。挙句、全方角を囲んだドローンから伸びたレーザーライトに串刺し状態。どう足掻いても避けられる訳がなかった。

つまり。敗北が確定した。数瞬後には蜂の巣状態が確定。だが、

「ワタシは死なないわ。だって、アナタが守るもの」

と、宣言したのはエージェントだった。そして言葉通りに《ありえない》現象が起こっ

た。直撃すべき銃弾の嵐は、突如として出現した氷の壁に阻まれる。

その元凶――魔女っ娘の帽子を被った少女が、不敵な笑みを浮かべていた。

「どうして、だ？　何故、動けるんだ、シャーロット」

呆気に取られる燈幻卿。魔術師シャーロットが行動できる理由が解らなかった。

シャルネリアの妹はシャーロット。シャーロットの方が魔装探偵として優秀だった。世間的には、優秀な妹……シャーロットが死んだことになっている。

だが、実際は、逆だった。シャルネリアは、シャーロットとして死んだ。

魔術的な人格入れ替えトリック……双子の姉妹の人格は、入れ替わっていた。

次期《名探偵》として目されていたシャーロットが探偵殺しに狙われていると予見したシャルネリアによって。だから、今、目の前にいる少女は。

「貴様はシャーロットだろ？」

その言葉を受けて。暴露されたのは最終ギミックに関するミスリード。

少女は――シャルネリアのフリをしていたシャーロットのはずだった少女は、悔しそうに涙を零す。

探偵殺しの異能犯を捕まえるべく、魔術的な人格入れ替えトリックが成立した。

誰もが、燈幻卿ですら、そう思った。しかし現実は違う。そんな奇跡は起こらない。

「間に合わなかったんです、本当は」

つまり。

「「探偵（シャーロット）はもう、死んでいる」」

二人のシャルの声が、重なった。

魔術師によってエージェントの金縛りの魔術は解除された。

互いに異なる探偵の遺志を引き継いだ少女たちは、その瞳に《世界の敵》を映す。

「探偵殺しに双子が入れ替わっていると錯覚させること。それこそがボクの仕掛けた最大のミスリードです。そしてキミは罠（わな）に嵌（はま）り、対シャーロットの準備しかしていません」

「バカな……！　めちゃくちゃ過ぎるぞ!!　そんな計画があってたまるかッ!!」

「《探偵殺し》は、自らの犯行に自信があるが故にスペアは用意しない。その一撃を鮮やかに決めることしか考えない。その傲慢さを利用させて頂きました。全部、捏造（ねつぞう）です。手紙も動画も、シャルネリアからシャーロットに宛てた遺書のようなものは自作自演」

電子情報化させれば、必ず暴いてしまう超能力者に対して仕掛けた爆弾。

「見誤りましたね。科学と云（い）う名の宗教を嫌うボクが、本当に大切な宝物をクラウドデータとして保存している訳がないじゃないですか」

少女は、自らの正体を口にした。

「最初に名乗った通りです。ボクはシャルネリア。魔装探偵の見習いです」

そして、こうも付け加えた。少しだけ照れくさそうに。

「シャーロットさんは、死なせません。だって、ボクの大切な探偵と同じ名前だから」

「ありえない。ありえない、ありえないありえないッ！　いつだ、どうしてだシャーロット、どうやって貴様は魔術師の正体がシャルネリアだと気付いたんだ!?」

「盗撮と盗聴で、すべてを知った気になっているアナタにひとつ。とびきりの情報を教えてあげるわ。シャルネリアは嘘(うそ)を吐(つ)くとき、毛先に触れるチャーミングな癖があるの。知らなかったでしょ？　全身全霊で向き合ったから、お互いを知ることができたのよ」

「チャーミングは余計です。でもハンドサインに気付いてくれてよかったです」

「伊達(だて)に一夜を同じ屋根の下で過ごしてないわよ」

「その言い方、なんか嫌です」

そんな言葉を交わして、二人は燈幻卿(とうげんきょう)と再び対峙(たいじ)する。

「誕生日がない、って言っていたわね？　だったらワタシ決めてあげるわよ」

「はぁ？　貴様やっぱりバカだろ」

「そうよ、ワタシはバカよ。バカだから難しいことは解(わか)らないし、アナタがどんな闇を抱えて生きてきたのか、解るなんて口が裂けても言えない。けど、ひとつだけ、こんなワタシでも解ることがあるわ」

それは、

「アナタの方が大馬鹿者ってことよ」

「言わせておけば、好き勝手に言いやがって！」

「悔しかったら言い返しなさい、一人で抱えて納得しないで！　ワタシはあなたに感謝しているの。どんな思惑があったのかなんて関係ない。燈幻卿がシャルネリアとワタシを引き合わせてくれたんだから……最後まで『相棒』にした責任を取ってもらうから！」

碌な武装を持たず、なんの対策もしていない。

何よりも致命的だったのが、二人のシャルは既にボロボロだった。

致命傷に至る被弾がないとは云え、海水の中に放り出されたのだ。傷に染みるどころの騒ぎではない激痛が全身を支配する。

だから燈幻卿に勝てる手立てなど存在しない。

それでも、諦めない。だって最高の『相棒』が自分の隣にいるのだから。

心が折れそうなことがあっても、言葉を交わすだけで、この『相棒』たちは何度だって立ち向かえる。

「この瞬間を以って、生まれ変わるのよ。今日がアナタの誕生日」

シャーロット・有坂・アンダーソン。そして、魔術師《シャルネリア》。二人の同じ愛称を持つ少女は、どちらも大切な《名探偵》の遺志を継いで、自らを悪役に仕立て上げることでしか世界との関わりを見出せなかった少女と対峙する。

互いに手を結んで、人差し指と中指を突き出した銃のジェスチャー。

重ねるように突き出された手の、指先の虚空に幾何学模様の魔法陣が出現し、二人はさらに互いの身体を密着させるように抱き寄せた。

魔術の発動を担うシャルネリアと、ターゲットへの照準を担うシャーロット。

違いが苦手な部分を補い合い、協力するように。

仲良く、本当に幸せそうに身を寄せ合って。

そして名もなき少女は耳にした。

その言葉を。

「ハッピーバースディ、燈幻卿ッ！」

次の瞬間。

魔術が直撃した。

斯くして、その日――怪物は死んだ。

エピローグ　そして『使命』を秘めて七月の豪華客船に（to be continued.）

「なんで豪華客船？」

大海原。揺れる波に浮かぶクルーズ船の甲板にて。

困惑気味に声をあげたのは、魔術に詳しくない方のシャルだった。

夏も本番、七月下旬。学生なら夏季休暇が始まった頃。肌に大敵な直射日光を防ぐパラソルが頭上を覆うデッキ席に座った彼女は、キンキンに冷えたグラスに注がれたゴロゴロ果実入りのオレンジジュースをストローで啜(すす)っていた。

なんか高そうなやつである。

そして魔術に詳しい方のシャルも、その隣の席に並んで座っていた。

因(ちな)みにだが、同じものを注文していたので「一口だけ頂戴？」なんて交換イベントは両者間で発生していない。

「あの事件から今日で半年。ボクとシャーロットさんは、事件を未然に解決し続けてきたんです。たまにはお休みを頂かなくっちゃブラックが過ぎます」

完全に寛(くつろ)ぎモードの魔術師は、チューっとストローでジュースを啜る。

そんな彼女たちに対して、

『七泊八日の船旅。だが、その船がエーゲ海に到達することはない』

海風に靡く金髪を押さえながら、シャーロットは耳の中で響く声に苦笑する。

「流石、ワタシには優秀な解析班がいるから助かるわ——燈幻卿」

『感謝してくれよ。貴様の両親に関する情報を収集する傍ら、この世界で最も電子戦に秀でた魔女が、かの《名探偵》に関する情報の解析も請け負ってやっているんだから』

「えぇ、もちろん感謝しているわよ」

と、隣でクルーズ船を満喫しているシャーロットに視線を向けながら、

「あなたが警察庁の異能犯罪対策室に残ってくれて」

大規模魔術テロは、二人のシャーロットによって未然に防がれた。

つまり事件は起こっておらず、燈幻卿が罪に問われるようなことはなかった。

『こちとら死ぬ気で魔術的テロを起こしたと云うのに、貴様ら二人のせいで生き残ってしまったんだぞ？　私の計画を御破算にした連中が、私以外のヤツに倒されたら目覚めが悪いだろうが』

「……ツンデレ」

『勘違いするな。私は味方になった訳じゃない。貴様らが事件を未然に防ぎ続けることで世界の平和を守ると云うから、外部の別組織として協力してやっているに過ぎないことを忘れるな。もし一件でも解決をしくじれば、再び《名探偵》の絶滅をだな……』

「はいはい、解ったわよ」

『軽く受け流すな！』

「でも、ワタシがアナタに感謝しているのは本当よ。どんなに頑張っても、ワタシたちでは世界の中枢には届かない。でも、燈幻卿……アナタなら、とにかく出世しまくることで世界の裏側の情報だって丸裸にできる。そうでしょう？」

『上手く立ち回れば、な。ヤツらの中に入り込むことだって可能かもしれない』

「ですが」

と、ここまで黙っていたシャーロットの方が口を開く。ジュースに夢中で話を聞いていなかった訳ではないようだ。

「次の《魔術師》は、名称そのものが変更されたらしいじゃないですか」

『ヤツらは、次期《魔術師》の候補になっていた私が、魔術的テロを起こそうとしたことを把握しているのだろう。だから《魔術師》に対する悪いイメージを払拭する意図なのかもしれないな』

燈幻卿にしては珍しく真面目な声色だった。

だからこそ二人のシャーロットたちも、ヤツらの強大さを改めて自覚する。

『気を付けろよ？　そのクルーズ船に《シエスタ》の遺産があることをヤツらも掴んでいる可能性もある。貴様の目的は遺志を引き継ぐことだ。奪取したら当然、万が一にも危険を察知したら即座に船を離れ、何があっても絶対に引き返すな』

「望むところですよ。もしかしたら《SPES(スペース)》と一戦交えることになるかもですし」

「いいえ、ダメよ。シャル」

そう言ってシャーロットは席から立ち上がった。

「これはあくまでもワタシの私的な用事、かつ魔術が絡んでいる訳じゃない。アナタが関与することを望んだって、流石(さすが)に『組織』が許してくれないわ。だから、アナタは最後まで何があっても手出ししちゃダメ」

その眼差(まなざ)しは真剣そのもの。もう二度と、大切な人を失いたくないからこそ遠ざけるような、そんな瞳。だからこそ、ミルクティのような茶髪が海風で乱暴に靡(なび)く中でもシャーロットは静かに見つめ合う。

「わ、解(わか)ってますよ。シャーロットさん」

「よろしい」

にっこり満足そうな笑みを浮かべたシャーロットは、くるりとその場で一回転。

白いカットソーの胸元で光る青いペンダント。そして、ひらりはらりと大きく広がる赤のプリーツスカート。海風に吹かれて渦巻いて、生まれながらにしてのブロンドヘアが眩(まぶ)しく煌(きら)めく。まるでその姿は天使のようで。

「まぁ、何事もなく《名探偵》の遺産が手に入るのが一番なんだけど……」

独り言は、海風に拐かされる。

これから挑むコードレッドは絶海の豪華客船。解析班の燈幻卿が突き止めた《シエスタ》の遺産を回収することが目的。

だからこそ、その驚くべき光景を目撃して鼓動した。

シャーロット・有坂・アンダーソンは、その青い瞳を大きく見開く。

探偵はもう、死んでいる。

そして二度と会うことはないと思っていた人物が、もう一人。

今は亡き彼女が選んだ、唯一の助手を目撃して呟いた。

ただ一人残された、その少年の名を。

「――キミヅカ？」

原作『探偵はもう、死んでいる。』第一巻・第三章に続く

シャーロットはただ、事件を解きたい。探偵はもう、死んでいる。Code:RED

2024年 5月25日 初版発行

著者	ひなちほこ
原作・監修	二語十
発行者	山下直久
発行	株式会社 KADOKAWA 〒102-8177 東京都千代田区富士見 2-13-3 0570-002-301（ナビダイヤル）
印刷	株式会社広済堂ネクスト
製本	株式会社広済堂ネクスト

Printed in Japan ISBN 978-4-04-683609-0 C0193